박선우 장편 소설

FUSION FANTASTIC STORY

PERFECT GAME

퍼펙트 게임

1

퍼펙트게임 1

박선우 장편 소설

초판 1쇄 찍은 날 § 2015년 4월 30일
초판 1쇄 펴낸 날 § 2015년 5월 7일

지은이 § 박선우
펴낸이 § 서경석

편집책임 § 이창진

펴낸곳 § 도서출판 청어람
등록번호 § 제387-1999-000006호
등록일자 § 1999. 5. 31
어람번호 § 제1-2115호

주소 § 경기도 부천시 원미구 부일로 483번길 40 서경B/D 3F (우) 420-822
전화 § 032-656-4452 팩스 § 032-656-4453
http://www.chungeoram.com
E-mail § chungeorambook@daum.net

ISBN 979-11-04-90219-2 04810
ISBN 979-11-04-90218-5 (세트)

박선우 장편 소설

FUSION FANTASTIC STORY

PERFECT GAME

퍼펙트 게임 1

도서출판 청어람

CONTENTS

프롤로그

퍼펙트게임이란 단 한 명의 타자도 루상에 진루시키지 않는 완벽한 게임을 말한다.

메이저리그 142년 역사 속에서 단 23차례만이 기록되었고 일본에서는 16차례 기록된 적이 있으나 우리나라에서는 아직 한 번도 일어나지 않았다.

퍼펙트게임.

퍼펙트게임은 신이 허락해야만 이룰 수 있는 기적과도 같은 일이며 야구 선수에게는 명예이자 소원이고 꿈이다.

최고의 패스트볼로 삼진왕이라 불렸던 월터 존슨 등 수많은 불세출의 투수가 평생 동안 간절히 원했지만 결국 이루지 못하고 사라져 간 것은 운명의 신이 그들에게 퍼펙트게임을 허락하지 않았기 때문이다.

신이 허락해야만 이룰 수 있는 투수들의 꿈.

그것이 바로 퍼펙트게임이다.

제1장 신입 부원

이강찬은 갓난아이로 버려졌기 때문에 16년을 그와 비슷한 아이들과 함께 소망원에서 자랐다.

고아로서 세상을 살아간다는 것은 생각보다 훨씬 어렵고 힘든 일이었다.

그는 아주 사소한 것에서부터 차별 대우를 받았고 무슨 일이 있을 때마다 색안경을 낀 시선을 받아야 했다.

자연스럽게 공부는 싫어졌고 성격은 삐뚤어졌으며 그럴수록 주먹질을 하는 경우가 많아졌다.

그래도 싸움에는 소질이 있었던지 중학교 때는 온 학교를 휩쓴 통이었고 주변 학교에까지 자자한 명성을 날렸다.

중학교를 졸업하면서 강찬은 더 이상 학교를 다니지 않으려

했다.

어차피 학교에 가봐야 공부할 것도 아닌데 빠듯한 소망원 재정을 어렵게 만들기 싫었다.

테레사 수녀님은 아무런 내색을 하지 않고 있었으나 오랫동안 음지에서 지원해 주던 독지가가 세상을 등지면서 소망원의 재정이 무척 어려워졌다는 걸 이미 알고 있었다.

하지만 그런 그의 생각은 은서로 인해 단박에 무너질 수밖에 없었다.

학교를 더 이상 다니지 않겠다는 그의 말에 은서는 그 큰 두 눈에서 눈물을 쏟아내며 하염없이 울었다.

아무리 말려도 소용없었고 납득할 만한 이유들을 들어 설득했지만 은서의 눈물은 그치지 않았다.

두 살 아래인 은서는 그의 옆에서 오랜 세월 동안 한 번도 떨어지지 않은 아이였다.

예쁘고 착했으며 누구보다 강찬을 좋아해서 중학교에 들어가기 전까지는 항상 옆에서 잠을 잘 정도였다.

그런 은서의 눈물은 강찬의 결심을 흔들기 충분했고 테레사 수녀님의 부탁 또한 그의 마음을 약하게 만들었다.

강찬이 오늘 이렇게 터덜거리며 세광고를 향해 걸어가게 된 것은 오로지 은서의 눈물과 테레사 수녀님의 부탁 때문이었다.

입학식이 끝나고 반 배정을 받았지만 강찬은 선생님의 학교 소개를 멍하니 바라보며 시간을 보냈다.

아무리 생각해도 자신이 없었다.

중학교 3년 동안 주먹을 휘두르며 산 것은 좋아서 한 것이 아니라 어쩔 수 없이 한 행동이었다.

사람을 향해 주먹질을 한다는 것은 결코 유쾌한 일이 아니었고 자신과도 맞지 않는 짓이었다.

자신의 명성은 근교에 소문이 날 대로 났기 때문에 세광고의 블랙서클들은 자신을 그냥 두지 않을 게 분명했다.

하고 싶지 않다고 하지 않는다면 선배들은 그에게 수없이 많은 폭력을 휘두를 것이고 결국은 원하지 않는 사고에 말려들게 될 것이다.

그 생각만 하면 머리가 지끈거렸다.

길고 길었던 시간들이 지나가고 선생님이 교실을 나갔다.

오늘은 첫날이라 선생님이 간단한 학교 소개와 몇 가지 당부 사항을 끝으로 집에 돌아가라고 말을 전했기 때문에 교실은 급우들의 소란으로 왁자지껄하게 변했다.

주변을 둘러보았으나 자신을 주시하는 시선은 느껴지지 않았다.

역시 첫날이라 그런지 블랙서클 선배들도 교실을 방문하지 않은 모양이었다.

강찬은 가방을 메고 천천히 교실을 나와 교정으로 향했다.

소망원으로 돌아가 봐야 어린 동생들을 돌보는 것과 수녀님을 도와 빨래를 하거나 청소를 하는 것이 고작이었다.

늘 하는 일이었으나 오늘만큼은 그러고 싶지 않았다.

오늘은 왠지 하염없이 걷고 싶은 날이었다.

천천히 걸어 교정으로 나가자 운동장 한편에서 움직이는 사람들이 보였다.

갑자기 나타난 그림에 저게 뭐지 하는 궁금증으로 자연스럽게 걸음이 멈춰졌다.

운동장 한편에서는 야구부원들이 수비 연습을 하고 있는 중이었는데 고함을 쳐 대는 소리가 운동장을 쩌렁하게 울리고 있었다.

그때서야 강찬의 머릿속에서 세광고에 대한 정보가 느리게 회전되며 나타났다.

청주에는 2개의 고등학교 야구부가 있었는데 바로 세광고와 청주고였다.

그중 세광고는 70년 역사를 자랑하는 명문 중의 명문으로 수많은 스타를 배출한 고교야구의 중심 중에 하나였다.

머리에서 천둥이 울리고 번개가 치는 것만 같았다.

며칠 전부터 무엇을 할 것인가 어떻게 살 것인가 고민하던 그에게 야구가 갑자기 운명처럼 다가왔다.

야구는 별게 아니다.

빠르게 던지고 정확하게 때리기만 하면 누구나 성공할 수 있는 운동이었다.

강찬은 어릴 때부터 누구보다 공을 빠르게 던졌기 때문에 열심히만 한다면 충분히 성공할 수 있을 거란 아주 단순한 생각이 들었다.

더군다나 잘만 하면 엄청난 돈을 벌 수 있었기 때문에 은서와 소망원 아이들을 행복하게 해줄 수도 있다는 희망이 무섭게 꿈틀거렸다.

그런 생각을 하며 한 걸음 두 걸음 걸었다.

가슴이 쿵쾅거려 제대로 걷기 어려웠지만 강찬은 천천히 걸어 야구부원들이 훈련하고 있는 동편 끝 쪽 운동장으로 다가갔다.

멀리서 봤을 때보다 훈련장의 열기는 더욱 뜨거웠고 맹렬했다.

처음의 자신감은 눈 녹듯이 녹아버리고 눈을 부릅뜬 채 고함을 지르는 감독을 보게 되자 불쑥 두려움과 주저함이 한꺼번에 몰려왔다.

하지만 끝끝내 돌아가지 않고 지켜보다가 감독이 휴식하는 의자에 앉자 어깨를 펴고 다가갔다.

그러자 감독의 얼굴에서 대뜸 짜증 섞인 목소리가 울려 나왔다.

부원들의 연습이 마음에 들지 않았기 때문인지 그의 심기는 무척 불편한 상태로 보였다.

"넌 뭐야?"

"예, 저는 1학년 3반 이강찬이라고 합니다."

"그런데?"

"야구를 하고 싶습니다."

"이름이 뭐라고?"

"이강찬입니다."

감독이 이름을 되물은 것은 혹시라도 자신의 머릿속에 저장되어 있는 정보가 잘못되었는지 확인하기 위함이었을 것이다.

하지만 곧 그는 자신의 머릿속에 이강찬이란 이름이 없다는 걸 확인하고 얼굴을 찌푸렸다.

중학교에서 한다하는 놈들 중에 이강찬이란 이름을 가진 놈은 없었다.

"중학교 때 선수로 뛴 적 있어?"

"없습니다."

"야구한 적은?"

"없습니다."

"너 지금 나 열 받게 하려고 작정했냐. 네 눈에는 지금 우리가 장난하는 거로 보여?"

"야구를 한 적은 없지만 공은 누구보다 빠르게 던질 수 있습니다. 정말입니다."

"허어……."

최인혁 감독은 강찬의 말에 한숨을 터뜨리며 얼굴을 빤히 쳐다봤다.

옛날에는 종종 이런 경우가 있다고 들었다.

뭣도 모르는 애들이 갑자기 찾아와서 야구를 하게 해달라고 떼를 썼는데 몇 번 돌려보내면 부모가 돈을 싸들고 온다는 얘기였다.

하지만 세월이 흐르고 인터넷 시대가 찾아오면서 그런 경우는 사라진 지 오래였다.

명문 세광고 야구부에 들어오기 위해서는 중학교 때 이름을 날릴 정도의 경력이 있어야 한다는 사실은 삼척동자도 다 아는 사실이었다.

그랬기 때문에 최 감독의 눈에서 뒤늦게 호기심이 생겨났다.

아마도 이혁기의 느린 볼에 열불이 났던 것이 원인일 수도 있었다.

3학년 주전 투수인 이혁기는 최고 구속이 겨우 135km/h을 넘나들어 그의 복장을 뒤집어놓았다.

물론 그 정도라면 고교 수준에서 평균 이상이지만 교타자들이 즐비한 지금은 구속이 140km/h는 넘어야 에이스로서의 역할을 제대로 할 수 있었다.

"야, 종훈아!"

"예, 감독님."

한쪽에서 2학년 투수들의 공을 포구해 주던 덩치 큰 김종훈이 최 감독의 부름에 커다란 대답과 함께 뛰어왔다.

그는 대충 봐도 몸무게가 90kg이 훨씬 넘을 것 같았는데 달려오는 것은 생각보다 훨씬 날렵했다.

세광고의 주전 포수이자 4번 타자인 그는 2학년이었으나 벌써부터 여러 대학에서 스카우트 제의가 올 만큼 뛰어난 선수였다.

김종훈이 다가오자 최 감독이 자리에서 일어나며 무심하게 한마디 던졌다.

"얘 공 좀 받아줘라."

"감독님 그게 무슨 말씀이시죠?"

"무슨 말은 무슨 말. 이놈이 야구부에 들어오고 싶다고 하니까 공 좀 받아주라는 거야."

"…알겠습니다."

감독의 지시에 얼떨결에 대답은 했지만 김종훈의 얼굴이 벌레 먹은 것처럼 일그러졌다.

중학교 시절까지 감안하면 6년 동안 야구장에서 잔뼈가 굵었지만 이런 경우는 처음이었다.

감독은 아까부터 뭘 잘못 먹었는지 계속 신경질을 내더니 이제 말도 안 되는 일까지 시키고 있었다.

그럼에도 그는 더 이상 말대꾸를 하지 않고 강찬을 향해 따라오라는 시늉을 했다.

고교야구에서 감독은 하느님과 동기동창일 정도로 막강한 권력을 행사하는 사람이었다.

괜한 반항으로 찍힐 이유도 없었고 그 스스로도 호기심이 생겼기 때문에 김종훈은 마운드로 올라가는 강찬을 바라보며 얼굴에 마스크를 쓴 후 미트를 손으로 팡팡 쳤다.

부원들은 하나둘 연습을 중단한 채 이쪽을 바라보기 시작했다.

심지어 최 감독 쪽에 있던 부원 하나는 지시를 받았는지 구속 측정기를 들고 뒤쪽에서 자리를 잡기까지 했다.

김종훈의 얼굴에 슬쩍 웃음이 떠올랐다.

장난으로 시작한 일이라는 생각에 가볍게 맞장구를 쳐 줄 생각이었는데 최 감독은 그렇지 않은 모양이었다.

마운드에 올라간 놈이 어깨를 빙빙 돌린 후 공을 집어 드는 것이 보였다.

놈은 교복 차림이 불편했던지 상의 단추를 두 개 풀기까지 했다.

준비가 끝난 놈이 자신을 바라보았다.

김종훈의 웃음이 더욱 짙어졌다.

나름대로 뭔가 본 것은 있었던지 놈은 공을 쥔 채 이쪽을 향해 던져도 되겠냐는 사인을 보내왔다.

그래서 다시 한 번 미트를 손으로 친 후 고개를 끄덕여 주었다.

그러자 놈이 엉성한 폼으로 와인드업을 하더니 공을 던졌다.

쐐애액……!

너무 놀란 김종훈이 벌떡 일어섰고 조금 떨어진 곳에서 지켜보던 최 감독이 입을 떠억 벌렸다.

강찬이 던진 공이 포수 자리를 훌쩍 넘어 스탠드를 때린 후 튕겨서 반대쪽 숲으로 넘어가 버렸던 것이다.

잠시 후 뭔 일인가 지켜보던 부원들이 박장대소를 터뜨렸고 뒤이어 벌떡 일어섰던 김종훈이 한심한 표정으로 마스크를 벗으며 소리를 버럭 질렀다.

"야, 인마. 지나가던 개 잡을 일 있어? 가서 공부나 해. 연습 방해하지 말고!"

아무리 좋게 봐주려고 했지만 이건 뭐 봐줄 이유가 전혀 없는 놈이다.

그랬기 때문에 김종훈은 미트를 벗어 옆구리에 낀 채 더 이상 볼 것 없다는 듯 자리에서 벗어나려 했다.

그때 최 감독이 다가와 그가 자리에서 벗어나는 것을 슬며시 제지했다.

그런 후 강찬을 향해 고함을 쳤다.

"힘 빼고 똑바로 다시 던져 봐. 한 번만 더 그렇게 던지면 연습 방해한 죄로 운동장 서른 바퀴다. 그러니까 정신 집중해서 던져. 앞으로 10개만 던지고 내려오도록!"

마운드에 서 있던 강찬이 머쓱한 표정으로 최 감독을 향해 고개를 숙였다.

너무 어이없게 공을 던졌기 때문에 쫓겨날 것이라 생각했는데 다시 기회를 주자 가슴을 쓸어내며 심호흡을 했다.

정신을 집중하고 포수의 미트를 노려보았다.

포수인 김종훈은 뭔가 감독의 지시에 불만이 있는 듯 궁시렁댔지만 어쩔 수 없다는 표정을 지은 채 자리에 앉아 미트를 내밀었다.

이번에도 엉뚱한 곳으로 던지면 순식간에 기회는 날아갈 것이다.

그렇다고 정확하게 던지기 위해 속구를 포기한다는 것 또한 말도 안 되는 일이었다.

야구를 해보지도 않은 자신이 유일하게 잘할 수 있는 것은 빠른 공을 던지는 것뿐이었다.

컨트롤은 되지 않았지만 감독이 다시 한 번 기회를 준 것은 자신의 구속이 마음에 들었기 때문이라는 판단을 내렸다.

그랬기에 일 구 일 구 전력을 다해 던지기 시작했다.

최인혁 감독은 원래의 자리로 돌아와 속도 측정기를 든 윤형만을 쳐다봤다.

윤형만은 세광고의 주전 유격수로 최 감독의 총애를 한꺼번에 받고 있었는데 수비의 귀재였다.

팡!

이번에는 공이 조금 높았지만 포수의 미트로 들어갔기 때문에 경쾌한 소리가 들려왔다.

"얼마냐?"

"120㎞/h 나왔습니다."

"환장하겠네. 처음에는 116㎞/h였지? 계속 재라. 아마 조금씩 올라갈 거다."

강찬이 공을 뿌릴 때마다 최 감독의 입술이 천천히 말라갔다.

자신의 예상대로 강찬은 점점 빠른 공을 던졌는데 가장 마지막 공은 125㎞/h을 찍었다.

공을 다 던진 후 마운드에서 어쩔 줄 모르고 서 있는 강찬의 모습에 최 감독의 시선이 흔들렸다.

정말 한 번도 야구를 하지 않았다면 선천적으로 좋은 어깨를 가진 것이 확실했지만 그렇다고 자신을 놀라게 만들 만큼 빠른 공을 던진 것은 아니었다.

물론 체계적인 근력 운동을 지속하고 투구 폼을 효율적으로 교정하면 구속은 나아지겠지만 여전히 제구력에 대한 문제가 따른다.

구속도 마찬가지였다.

아무리 웨이트트레이닝과 투구 폼을 교정해도 이혁기처럼 구속이 늘지 않는 경우가 허다했다.

한마디로 말해 강찬을 시합에 써먹을 정도로 만들기 위해서는 많은 노력과 시간이 필요하다는 뜻인데 그마저 확실하지도 않았기 때문에 최 감독은 얼굴을 찡그린 채 입맛을 다셨다.

중학교에서 선수 생활을 하지 않았다는 건 기초부터 다시 다져야 한다는 걸 의미한다. 하지만 지금 그는 강찬에게 신경 써줄 만큼 시간이 많지 않았다.

그에게 있어 이번 시즌은 대학 감독으로 갈 수 있는 절호의 기회였다.

마침 모교인 중앙대를 맡고 있던 선배가 연말이면 프로야구 코치로 옮겨 간다는 정보가 입수되었기 때문에 금년도 성적은 그 어느 때보다 중요했다.

대학 감독으로 옮기는 건 프로야구 감독이란 그의 꿈을 펼칠 수 있는 교두보가 마련되는 것이었기 때문이었다.

그랬기에 그는 강찬을 두고 고민을 했다.

정식으로 야구를 해보지 않은 놈이 125㎞/h을 뿌려대자 아깝다는 생각이 저절로 들었다.

몸도 제대로 풀지 않았고 제대로 폼도 배우지 못한 상태에서 던진 공이었으니 완벽한 상황을 만들어주면 3~4㎞/h는 더 나올 수 있을 것 같았다.

더군다나 놈은 이제 몸이 영글기 시작한 신입생이었으니 발전 가능성은 무한했다.

하지만 이성적으로는 내치는 것이 맞다.

지금 세광고 야구부는 좋은 선수들이 많아 전국 대회의 패권을 노려볼 만했는데 그런 상황에서 생초보를 끌어들여 팀워크를 해치는 것은 말도 안 되는 짓이었다.

고개를 절레절레 흔들었다가 눈을 감았다.

그러고는 입술을 내밀며 팔짱을 끼었다가 강찬이 다가오는 소리에 눈을 떴다.

눈을 뜨고 바라본 곳에는 열망에 잠긴 강찬의 눈이 있었다.

그는 판결을 기다리는 죄인처럼 몸을 움츠린 채 최 감독의 얼굴을 열심히 바라보는 중이었다.

최 감독의 고민은 길었으나 결론은 의외로 쉽게 냈다.

아마, 강찬의 눈에 담긴 열망이 주춤거리던 주저함을 없애준 것 같았다.

그리고 어쩌면 이 선택이 정말 잘한 일이 되어 자신에게 커다란 행운을 가져다줄지도 몰랐다.

물론 지켜보다 안 되면 포기해도 상관없는 일이었다.

손해 보지 않는 장사는 결심이 섰을 경우 망설이지 않고 즉각 행동으로 옮겨야 한다.

"공부 잘하냐?"

"못합니다."

"자랑이다 인마. 넌 내일부터 오후 3시까지 운동장에 나오도록. 학교 측에 너에 대한 조치를 취해놓을 테니 별도로 말하지 않아도 자율학습은 빼주실 거다."

"그럼 저도 이제 야구부원이 된 겁니까?"

"어깨가 좋아 보여서 받아주니까 최선을 다해야 할 거다. 지켜보다가 싹수가 보이지 않으면 바로 퇴부 처리할 테니 그리 알도록. 명심해라, 네가 필요한 존재라는 것을 나에게 어필하지 못한다면 넌 못하는 공부나 계속해야 될 거다."

"감사합니다, 감독님. 실망시켜 드리지 않을 만큼 죽도록 열심히 하겠습니다."

오늘은 그만 돌아가도 좋다는 최 감독의 말에 강찬은 날아갈 듯한 기분으로 소망원에 돌아왔다.

학교에서 돌아올 때면 언제나 어두운 얼굴이었던 강찬이 밝은 모습으로 대문을 들어서자 빨래를 널고 있던 여자아이가 눈을 동그랗게 떴다.

여자아이의 커다란 눈은 강찬을 보면서 어느새 반가운 웃음을 머금고 있었다.

"오빠, 입학식 잘했어?"

"응."

"학교 어때? 좋아?"

"응, 마음에 들어."

"정말? 다행이다. 그럼 이제 학교 잘 다닐 거지?"

"그래, 걱정하지 마."

"그런데 오빠 무슨 좋은 일 있어? 오늘따라 기분이 좋아 보이네."

"은서야. 오빠가 드디어 해야 할 일을 찾아냈어."

"무슨 소리야?"

"지금까지 주먹질하면서 올바르게 살지 못한 건 내가 하고 싶은 일을 하지 못했기 때문이었던 것 같아. 그런데 오늘 내가 앞으로 해야 할 일을 찾아냈어."

"그게 뭔데?"

"야구!"

강찬의 대답에 은서가 그 큰 눈을 더욱 크게 떴다.

전혀 의외의 대답이었다.

야구가 뭔지는 안다. 하지만 대충 알 뿐이었기에 은서는 미처 반문조차 하지 못하고 강찬을 바라볼 뿐이었다.

어린 나이였지만 은서는 매우 신중한 성격을 가져 함부로 남의 말을 비난하거나 부정한 적이 거의 없었다.

그런 은서를 향해 강찬은 조금 높아진 목소리로 설명을 이어갔다.

그는 야구에 대한 이야기를 하면서 조금 흥분한 것 같았다.

"오빠가 공을 던지니까 그라운드에 있던 모든 사람들이 깜짝 놀랐어."

"왜?"

"왜긴. 오빠 공이 엄청 빨라서 그렇지."

"빠르면 좋은 거야?"

"공을 빠르게 던지면 투수를 할 수 있어. 가끔가다 텔레비전에 보면 맨 앞에서 공 던지는 사람이 나오잖아. 그 사람이 바로 투순데 잘만 던지면 엄청난 연봉을 받아서 부자가 될 수 있대."

"그럼 오빠도 돈 많이 버는 거야?"

"당연하지."

순진하게 바라보는 은서를 향해 강찬은 활짝 웃어주었다.

사람의 일이 생각대로 되지 않는다는 걸 너무나 잘 알지만 은서를 위해서라면 몸이 부서져라 노력해서 그렇게 되고 싶었다.

돈을 많이 번다는 것은 행복으로 다가갈 수 있는 지름길이었다.

이제 그 길을 찾았으니 할 수 있는 모든 노력을 기울여 사랑하는 사람들을 행복하게 해주고 싶었다.

* * *

오지 않기를 바랐던 시간들은 그다음 날 점심시간에 불현듯

다가왔다.

교실 문을 벌컥 제치며 들어 온 선배들은 한눈에 봐도 불량기가 온몸에 배어 있는 양아치들이었다.

그들의 숫자는 셋이었는데 교실로 들어서자 곧장 강찬을 향해 다가왔다.

"어이, 네가 이강찬이냐?"

"네, 그렇습니다."

"이 씨발놈 눈 부라리는 것 봐. 눈을 확 찢어줄까?"

학생답지 않게 귀고리를 한 놈이 손을 들어 올리더니 두 손가락을 펴서 찌르는 시늉을 했다.

놈은 자신의 말에 전혀 겁을 먹지 않는 강찬의 태도가 마음에 들지 않았던 모양이었다.

눈을 내리기는 싫었다.

아무리 선배라 해도 힘에 눌려 꼬리를 마는 모습은 보이고 싶지 않았다.

그래서 이를 악물고 버텼다.

놈의 손가락에 눈이 찔리는 한이 있더라도 끝까지 버텨볼 생각이었다.

그러자 놈의 손가락이 순식간에 가늘어지더니 주먹이 날아와 강찬의 얼굴을 가격했다.

워낙 가까운 거리였기 때문에 피할 겨를이 없어 휘청하며 쓰러졌다가 금방 다시 일어났다.

주먹이 부르르 떨렸으나 참았다.

여기서 주먹을 휘두르면 모든 것이 끝난다.

강찬이 얻어맞고도 아무런 행동을 하지 않자 귀고리 대신 옆에 서 있던 스포츠머리가 나섰다.

"새끼, 한가락 했다고 하더니 버티고 싶은 모양인데 까불면 죽는 수가 있어. 볼일 있어서 왔으니까 일단 가자. 따라 나와!"

놈은 말을 끝내는 것과 동시에 등을 돌렸다.

당연히 따라 나올 것이란 태도였다.

강찬은 징그러운 미소를 지은 채 돌아서는 놈들의 등을 바라보며 눈을 오므렸다.

생각 같아서는 때려눕히고 싶은 생각이 간절했지만 그렇게 할 수는 없었다.

놈들의 뒤를 따라가면서 싸움이 벌어졌을 때의 동작들을 생각했다.

싸움에 천부적인 재질을 지닌 그의 몸이 긴장에 자연스럽게 반응하며 최적의 위치와 균형을 만들어냈다.

하지만 강찬은 묵묵히 걸어 그들이 끌고 간 체육관까지 아무런 반항조차 하지 않고 따라갔다.

어제였다면 달랐을 것이다.

만약 놈들이 어제 왔었다면 여기까지 따라오지도 않았을 것이고 교실에서 박살을 냈을지 모른다.

은서와 수녀님의 부탁으로 어쩔 수 없이 나온 학교였으니 싸움을 마다하거나 피할 생각은 없었다.

더군다나 블랙서클에 가입해서 다른 학생을 괴롭힌다는 것은 하고 싶지 않은 일이었다.

옳고 그름의 문제가 아니라 더 이상 그런 짓은 하고 싶지 않았고 누군가의 억제를 받으며 원치 않은 삶을 살고 싶지도 않았다.

하지만 원하던 일을 찾았고 꿈을 위해 노력하겠다는 결심이 선 이상 싸움은 절대 해서는 안 되는 일이었다.

체육관 안 공구 보관실에는 다섯이 더 있었는데 놈들은 아주 자연스러운 태도를 담배를 피워 물고 있었다.

주먹을 쓰던 강찬은 그중 누가 대빵인지 금방 알아봤다.

중학교 때 이런 세계를 충분히 경험했기 때문에 가운데 곱슬머리가 놈들을 이끄는 통이라는 걸 알 수 있었다.

강찬은 여유롭게 자신을 바라보는 곱슬머리의 눈을 피하지 않았다.

이런 놈들은 두려워하는 모습을 보이게 되면 더욱 짓밟는 아주 못된 성향을 가지고 있다는 걸 너무나 잘 알기 때문이었다.

충분히 상대방을 불쾌하게 만드는 반응이었지만 곱슬머리는 얼굴에서 웃음을 지우지 않고 강찬을 향해 능글맞게 입을 열었다.

그는 이런 일에 많은 경험을 가지고 있었던지 여유로움을 잃지 않고 있었다.

"이강찬, 성동중 출신이지?"

"그렇습니다."

"반갑다. 나는 카오스를 이끌고 있는 김도삼이다."

어느새 자리에서 일어난 김도삼이 강찬의 앞으로 다가오며 손을 내밀었다.

놈의 행동에 섬뜩한 위험신호가 머리를 울렸다.

앞으로 내밀며 다가온 놈의 손은 악수를 하기 위해 내밀어진 게 아니라는 위험신호가 맹렬하게 머리를 때렸기 때문에 강찬은 손을 내밀며 배에 잔뜩 힘을 주었다.

예상은 맞았다.

놈은 강찬의 손이 내밀어진 빈틈을 정확하게 파고들며 강하게 복부를 가격했다.

준비하지 못했다면 쓰러졌을 만큼 강한 일격이었지만 강찬은 허리를 가볍게 숙였을 뿐 금방 자세를 바로잡았다.

그것저놈을 열 받게 만든 모양이었다.

"이 새끼 맷집 좋은데? 중학교 때 날렸다고 하더니 맞는 것도 아주 맛있게 맞는구만!"

고등학교에서 행세깨나 하려면 기본적으로 운동을 해야 한다고 하더니 김도삼은 복싱을 했던 모양이었다.

가볍게 양쪽 옆구리를 치더니 곧바로 가슴과 얼굴로 주먹이 올라왔다.

피할 수 없을 만큼 빠른 연타 공격이었다.

물론 진짜 싸울 생각을 가지고 있었다면 양쪽 옆구리는 어쩔 수 없다 하더라도 가슴과 얼굴은 피할 수 있었을 것이다.

아무리 빠른 주먹이라도 강찬의 반사 신경으로 봤을 때 그 정도는 충분히 피할 수 있었다.

하지만 강찬은 그대로 서서 놈의 주먹을 얻어맞았다.

때리면 맞아준다. 이 정도는 이미 각오하고 있었으니 얼마든지 맞아줄 생각이다.

더군다나 믿는 구석이 있었기 때문에 강찬은 비틀거리던 몸을 바로 세우고 놈을 바라봤다.

다행스럽게 놈은 더 이상 주먹을 들지 않았다.

처음부터 때리기 위해 데려온 것이 아니었기 때문인지 놈은 가볍게 몸만 푼 후 주머니에서 담배를 꺼내 물었다.

"이강찬, 우리 학교는 카오스가 장악하고 있다. 서클에 가입하면 너의 고교 생활은 화려해질 거다. 어때, 가입하겠냐?"

"저는 가입하지 않겠습니다."

"이 새끼가 죽고 싶은 모양이군."

"저는 어제 야구부에 가입했습니다. 운동을 하면서 서클 생활을 할 수는 없잖습니까?"

"뭐라고? 네가 야구부에 가입했어?"

"그렇습니다."

"이 씨발놈이 죽으려고 환장했나. 어디서 구라를 쳐!"

"거짓이 아닙니다. 오늘 오후부터 연습하기로 했으니 확인해 보십시오."

강하게 나가자 놈이 움찔하는 것이 보였다.

예상이 맞았다.

아무리 잘나가는 블랙서클이라도 운동부원을 상대로 지랄

하지 못한다는 소문은 파다하게 퍼져 있었다.

당장 문제가 생기면 학교 측에서 가만있지 않을 뿐만 아니라 소속된 운동부에서도 그냥 넘기지 않는다고 들었다.

블랙서클에서 주먹질하는 놈들도 야구부나 축구부에 걸리면 박살이 난다는 건 코 묻은 어린아이까지 다 아는 사실이었다.

*　*　*

6교시가 끝나자 강찬은 책상을 정리하고 운동장으로 나갔다.

그러자 미리 지시를 받았는지 2학년 선배가 사무실로 데려가더니 야구복을 건네주었다.

새것은 아니었고 사이즈도 커서 헐렁했으나 강찬은 옷을 갈아입은 후 거울을 바라보며 몸이 떨리는 것을 느꼈다.

어떤 옷보다도 멋있고 어떤 옷보다도 고귀하게 여겨졌다.

야구복으로 갈아입고 운동장으로 나오자 최 감독 앞으로 부원들이 모이기 시작했다.

눈치를 보며 어정쩡한 걸음으로 다가서자 최 감독이 강찬을 앞으로 불러냈다.

“어제 봤겠지만 새로 들어온 신입생이다. 이름은 이강찬이고 포지션은 없다. 내가 신입생인 이놈을 뽑은 것은 어깨가 좋다는 단순한 이유 때문이다. 나는 이놈에게 6개월의 기한을 줄 것이다. 그때까지 가능성을 보이지 않으면 퇴부시킬 생각이니 엉뚱한 상상이나 소문을 내면 가만두지 않겠다. 알겠나?"

"알겠습니다."

앞으로 불려나갔던 강찬은 감독의 말이 끝나고도 멍하니 서 있었다.

최 감독의 입장에서는 당연한 행동이었지만 강찬은 알아들을 수 없었다.

어쩌면 당연한 것을 강찬이 모르는 것은 야구부의 오랜 관행을 알지 못했기 때문이다.

명문 야구부일수록 부모들은 자식들의 일에 초미의 관심을 보였고 감독에게 극비리에 꽤 큰돈을 쥐어주며 좋은 포지션과 타순에 들어설 수 있도록 로비를 한다.

하지만 세상에 절대비밀이란 있을 수 없다.

당장 돈을 가져다준 부모들은 자식들에게 자신들의 노력을 말하기 때문에 부원들은 알게 모르게 최 감독의 비리를 감지하고 있었다.

그럼에도 아무런 어필을 하지 못하는 것은 당장 자신이 위험해지고 증거 또한 없기 때문이었다.

최 감독 또한 마찬가지였다.

먹는 건 최선을 다해 먹어도 절대 노출되면 안 되고 의심을 받아서도 안 된다고 생각했다.

그랬기에 매사 조심했고 작은 일에도 신경을 바짝 썼다.

지금 강찬을 소개하면서 부원들에게 강찬의 위치와 배경을 강조한 것은 그런 이유가 뒤에 숨겨져 있었기 때문이었다.

고아인 사실까지 이야기하지 않은 것은 그의 치밀함과 배려가 한꺼번에 담긴 것이라 봐야 했다.

어차피 작은 세상이니 강찬이 고아란 사실은 금방 노출될 것이고 자신에 대한 의심은 그때 완벽하게 풀린다는 걸 너무나 잘 알고 있었다.

강찬은 최 감독이 들어가라는 시늉을 하자 부원들을 향해 고개를 숙여 인사한 후 맨 끝 쪽에 가서 섰다.

그런 그를 힐끔 바라본 최 감독이 오늘 훈련 스케줄에 대해서 짧게 이야기를 마친 후 눈앞에 닥친 황금사자기 대회의 일정을 소개했다.

그의 눈은 황금사자기란 말을 꺼냄과 동시에 잔뜩 힘이 들어가 있었다.

우승.

반드시 우승하자는 열정이 담긴 그의 각오와 격려는 순식간에 세광고 야구부 전체를 열기 속에 사로잡히도록 만들었다.

제2장
훈련

훈련은 언제나 러닝부터 시작된다.

러닝의 의미는 체력을 증진시킨다는 것보다는 훈련을 하기 위해 충분히 몸을 푸는 준비 단계에 불과하다.

물론 체력을 기르기 위한 집단 훈련 같은 경우 오버로드(체력를 극도로 소모하도록 과부하시키는 훈련)를 하기도 하지만 그 때는 러닝이 아니라 산악 오르기나 웨이트트레이닝을 시행하는 것이 대부분이다.

최 감독의 훈시가 끝나자 부원들은 이 열 종대로 모여 운동장을 돌았다.

강찬은 열의 맨 끝에서 따라 돌았는데 열 바퀴를 돌자 숨이 턱까지 차올랐다.

그러나 숨을 헐떡이는 것은 강찬뿐이었고 나머지 부원들은 가볍게 얼굴만 붉어진 정도였다.

그만큼 강찬의 체력이 부원들에 비해 형편없었다는 뜻이다.

그럼에도 그에 대해 언급하는 사람은 아무도 없었다.

부원들은 그 사실을 당연시하는 것처럼 보였다.

러닝이 끝나자 문제가 생겼다.

나머지 부원들은 모두 정해진 포지션에 따라 훈련에 들어갔는데 강찬만은 멍하니 서 있었던 것이다.

정해진 포지션도 없었고 그에게 지시를 해주는 사람조차 없었다.

그저 자기들의 할 일에만 집중할 뿐이었다.

그때 한쪽에서 누군가와 이야기를 하던 최 감독이 강찬을 향해 다가왔다.

그의 표정은 여전히 차가웠고 말투도 거칠었다.

"이강찬, 여기서 뭐하나?"

"뭘 해야 될지 몰라서……."

"하나만 묻자. 넌 야구부에 왜 들어오고 싶었던 거냐?"

"전 지금까지 아무런 목적 없이 살아왔습니다. 그래서 공부도 하지 않고 싸움만 했습니다. 하지만 앞으로 그렇게 살고 싶지 않습니다. 훌륭한 야구 선수가 되어 소망원의 동생들을 돌보고 싶어서 들어왔습니다."

"참 지랄 맞은 이유를 가졌구나."

강찬의 대답에 최 감독의 얼굴이 일그러졌다.

자신의 생각과는 다른 대답이었던 모양이었다.

그럼에도 그는 즉시 무표정으로 돌아간 후 말을 이었다.

"내가 어제도 말했고 오늘도 말했듯이 전혀 기초도 없는 너를 야구부에 받아준 것은 네 어깨가 괜찮다고 생각했기 때문이다. 그러나 그 어깨가 날 감동 줄 만큼 좋았던 것은 아니다."

"열심히 노력하겠습니다."

"그런 입술에 침 발린 소리는 필요 없다. 나는 오직 결과만 지켜볼 테니 말이다. 너는 지금부터 투수들과 같이 훈련해라. 하지만 내가 지시할 때까지 공을 잡아서는 안 된다."

"무슨 말씀이신지……."

"겨우 운동장 열 바퀴 돌고 비실대는 놈이 공을 어떻게 던진단 말이냐. 너는 지금부터 3개월 동안 체력 훈련을 한다. 선배들에게 물으면 체력 훈련 방법에 대해서 알려줄 거다."

"알겠습니다."

"죽어라고 뛰고 미친 듯이 반복해서 운동해라. 나는 분명히 약속했다. 6개월 이내에 내가 원하는 구속을 만들지 못하면 넌 퇴출이다. 야구를 계속하고 싶다면 최선을 다해야 될 것이다."

세광고의 투수 자원은 신입생까지 합해서 모두 다섯 명이었는데 그들은 운동장 한쪽에 모여 별도의 훈련을 하고 있었다.

일부는 가볍게 투구를 하는 중이었고 일부는 투구 폼을 교정하는 훈련을 했다.

후배들의 피칭 폼을 봐주던 주전 투수 이혁기는 최 감독의 지시로 강찬이 합류하자 반가운 표정으로 맞아주었다.

그는 선천적으로 따뜻한 마음을 가졌는지 얼굴에서 항상 웃음이 떠나지 않았다.

그러나 투수들이 모두 이혁기처럼 따뜻하게 그를 맞아준 것은 아니었다.

어느 날 갑자기 뚝 떨어진 강찬은 그들에겐 어이없는 존재였기 때문이었다.

어제 강찬이 던진 공의 최고 구속이 125㎞/h라는 사실은 금방 야구부 전체에 퍼졌다.

여기에 있는 투수들은 모두 130㎞/h대를 훌쩍 넘는 구속을 지녔고 심지어 차기 주전 투수로 꼽히는 2학년 손혁은 140㎞/h에 육박할 정도의 속구를 지녔다.

그런데도 그들이 놀란 것은 공을 처음 만진 강찬의 구속이 믿겨지지 않았기 때문이었다.

아무리 좋은 어깨를 지녔어도 처음 공을 만지는 놈의 구속은 120㎞/h를 넘기지 못한다는 게 상식이었으니 부원들이 강찬을 의심하는 건 당연한 일이었다.

원래부터 야구를 하던 놈을 최 감독이 돈을 받고 연극을 벌여 슬쩍 끌어들인 게 아닌가 하는 의심이었다.

하루가 지나 그가 고아라는 사실이 알려지며 오해가 풀렸기 때문에 6개월 동안 발전이 없으면 퇴부 처리하겠다는 최 감독의 말을 믿게 되었지만 그렇다고 해서 강찬에 대한 반감이 가라앉은 건 아니었다.

만약 최 감독의 기대대로 강찬이 무섭게 성장한다면 그들은 강찬의 들러리가 될지도 모른다.

이혁기는 강찬을 투수들과 인사시킨 후 별도의 자리로 데려갔다.

그의 얼굴에는 여전히 웃음이 담겨 있었으나 눈은 미안함으로 흔들리고 있었다.

"이강찬, 지금부터 내 말 잘 들어라."

"말씀하십시오."

"너는 최 감독님을 잘 모르겠지만 저분은 정말 냉정한 분이시다. 네가 따라오지 못하겠다면 퇴부시키겠다는 감독님의 말씀은 그냥 해본 말이 아닐 거다."

"저도 그렇게 생각하고 있습니다."

"하지만 감독님이 너에게 기대하고 있는 것도 사실이다. 나를 불러 너에게 훈련 방법을 가르쳐 주라고 하신 걸 보면 말이다. 물론 나는 너의 훈련을 봐줄 수 없다. 당장 황금사자기가 눈앞에 다가와 있고 계속해서 메이저 대회들이 잡혀 있기 때문에 내 앞가림도 어려운 상황이다."

"그럼 저 혼자 훈련합니까?"

"다른 사람들은 실전 훈련을 해야 되기 때문에 모든 훈련은 너 혼자 해야 된다. 감독님께서는 3개월 후에 체력 측정을 하시겠다고 했다. 네가 체력 측정을 통과하면 그때부터는 투수들과 함께 피칭 훈련을 할 수 있을 거다."

"가르쳐 주시면 죽어라고 해서 통과하겠습니다. 그때가 되면 투구에 대해서 잘 가르쳐 주십시오."

"넉살이 좋구나. 성격도 좋은 것 같고. 네가 얼마나 열심히 하느냐에 따라 달라지겠지만 어쨌든 이런 기회를 갖게 된 건 너에게 커다란 행운이다. 나는 네가 이 행운을 키워 나갔으면 좋겠다. 그럼 지금부터 체력 훈련 방법에 대해서 이야기해 주마. 당장은 물 당번도 해야 되고 공도 주워야 되기 때문에 모든 훈련은 야간과 새벽에 해야 될 거다. 힘들더라도 참고 열심히 해라."

정중하게 부탁한다며 허리를 숙여 인사를 한 강찬을 향해 이혁기는 부드러운 웃음을 지어준 후 체력 훈련법을 설명해 줬다.

강찬은 최 감독이 체력을 기르라는 말을 했을 때 제일 먼저 달리기를 생각했다.

운동을 시작하기 전 시행한 러닝에서 형편없는 모습을 보여줬기 때문에 꾸준한 달리기를 통해 체력을 향상시켜야 되겠다는 단순한 판단이었다.

하지만 이혁기가 말해준 체력 강화법은 그의 생각을 훨씬 뛰어넘는 고급 이론이 뒷받침되어 있었다.

투수의 체력은 네 가지로 구분된다고 했다.

근력, 순발력, 근지구력, 전신 지구력이 바로 그것이었다.

근육이 수축하면서 발생하는 힘을 근력이라 하고, 빠르게 근력을 움직이는 힘은 순발력이었다.

근지구력은 근육이 오랫동안 힘을 발휘할 수 있는 능력을 말하고 전신 지구력은 온몸을 움직여 운동할 수 있는 능력을 말하는데 주로 심폐계의 영역에 해당되는 것이었다.

따라서, 운동하는 방법들도 모두 달랐다.

이혁기는 하나씩 예를 들어 서킷 웨이트트레이닝에 대해서 훈련 방법을 설명해 주었는데 기구를 이용하는 방법과 맨몸으로 하는 방법을 따로 가르쳤다.

벤치프레스(Bench press), 로우링(Rowing), 체스트 프레스(Chest press) 등 기구를 이용하는 방법들은 주로 근력과 순발력, 근지구력을 키우는 데 사용했고 맨몸 서킷 웨이트트레이닝과 장거리 러닝은 전신 지구력을 향상하는 데 필요하다는 설명이었다.

거의 삼십 분에 걸친 긴 설명이었으나 실행 방법은 무척이나 간단한 것이었다.

학교에서는 운동부원들을 위해 헬스장을 구비해 놓고 있었기 때문에 합동 훈련이 끝나고 나면 야간에 남아 근력 운동을 할 수 있었다. 전신 지구력을 키우는 맨몸 서킷 웨이트와 러닝은 남들이 나오지 않는 새벽에 하면 된다.

하는 방법을 배웠으니 이제 실행할 일만 남았다.

부모에게 버려진 날부터 지금까지 누구보다 불행했고 어려운 삶을 살아왔다.

그러면서 배운 것은 자신에 대한 미움과 세상에 대한 독기였다.

그 미움과 독기를 모두 훈련에 쏟아붓고 싶었다.

앞이 보이지 않은 컴컴한 절벽의 인생을 살던 그에게 찬연히 다가온 한 줄기 빛을 강찬은 절대 놓치고 싶지 않았다.

* * *

3달이란 세월은 정말 짧고도 긴 시간이었다.

훈련 방법을 배운 후 강찬은 정말 미친 듯 체력 훈련에 온 정열을 바쳤다.

수업 시간에는 잤고 훈련이 시작되는 오후 3시가 되면 미친 놈처럼 자리에서 벌떡 일어나 운동장으로 뛰어 나갔다.

아홉 명의 신입 부원 중에서도 물 당번은 강찬의 전담이었다.

금년 한 해에 자신의 운명을 모두 건 최 감독은 조금이라도 전력에 보탬이 되는 부원이 훈련 외에 다른 짓을 하는 걸 용납하지 않았기 때문에 모든 심부름은 강찬의 몫이 될 수밖에 없었다.

그럼에도 강찬은 한 번도 불만을 터뜨리지 않았다.

자신에게 기회를 준 최 감독을 향해 언제나 공손한 눈빛으로 대했고 선배들은 하늘처럼 모셨다.

그런 세월이 지나면서 강찬에 대한 부원들의 태도도 많이 누그러졌다.

같이 합류해서 실전 훈련조차 받지도 못하는 그가 미친놈처럼 새벽과 밤에 체력 훈련하는 걸 보면서 안타까운 눈길을 보내곤 했다.

하지만 강찬은 그런 그들의 눈길을 모른 체하며 오직 자신의 훈련에 매진했다.

원래부터 좋았던 그의 체형은 시간이 지나면서 점차 완벽하게 변해갔는데 온몸의 근육이 차돌처럼 변했고 하체는 무쇠처럼 탄탄해졌다.

전신 지구력도 엄청난 향상을 보였다.

한 번도 쉬지 않은 채 운동장 50바퀴를 빠르게 달릴 만큼 그의 심폐 지구력은 엄청나게 강해진 상태였다.

그러나 강찬은 약속한 3개월이 지났어도 최 감독에게 자신의 체력이 좋아졌다는 사실을 말하지 못했다.

황금사자기 대회에 참가한 세광고가 16강에서 탈락하면서 충격에 젖은 최 감독이 휴가를 내고 일주일이나 학교에 나오지 않았기 때문이었다.

칭찬을 받기 위해 죽어라고 노력한 것은 아니었으나 일주일의 휴가를 마치고 나온 최 감독은 강찬의 몸 상태를 확인하고 이제 피칭해도 된다는 지시만 내린 후 자리를 떠버렸다.

언론에서까지 우승 후보로 꼽았던 세광고의 전력이었으니 탈락에 대한 실망이 컸을 테지만 최 감독은 일주일 만에 그 실망감을 완벽하게 숨기는 노련함을 보여주며 언제 그랬냐는 듯 운동장에서 선수들을 독려하기 시작했다.

강찬이 투수 훈련을 받기 시작한 것은 최 감독의 지시를 받은 그다음 날부터였다.

그에게 투구 폼을 가르쳐 준 것은 이혁기였으나 그가 훈련으로 바쁠 때는 2학년 손혁이나 다른 투수들이 대신 가르치기도 했다.

3개월이 훌쩍 지나면서 온갖 심부름을 하며 고생한 강찬을 그들은 마음으로 받아들였기 때문에 가르치는 데 정성을 기울여 주었다.

공을 던진다는 것을 무척 단순하게 여겼었다.

괴롭고 힘든 체력 훈련을 하면서 그깟 공을 던지는 데 제약을 거는 최 감독의 행동을 이해하지 못한 적도 있었다.

하지만 이혁기의 가르침을 받으며 체력이 얼마나 중요한 역할을 하는지 뼈저리게 느꼈다.

이혁기가 전해주는 투구 이론은 복잡하고 심오해서 머리가 지끈거릴 지경이었는데 체력 훈련에 대한 이론도 그에 비하면 조족지혈에 불과했다.

투구 동작은 다섯 가지로 구분시켰다.

힘을 모으는 준비 행동으로 다리를 드는 단계와 공을 던지기 위한 백스윙, 강력하게 힘을 모으는 중심 이동, 정확하게 공을 던지기 위한 릴리스 포인트, 투구의 마무리를 통해 균형을 잡는 팔로우 드로우.

이 다섯 가지 동작이 얼마나 강력하고 정교하며 부드러운가에 따라 투구의 위력이 정해진다는 것이었다.

정말 미치고도 펄쩍 뛸 노릇이지만 투구 폼은 생각만큼 쉽게 만들어지지 않았다.

체력 훈련이야 정해진 기구와 운동 방법에 따라 단순하게 그대로 따라 하면 되었지만 투구 폼을 만드는 것은 훨씬 어려운 일이었다.

두 달이 되도록 공을 던지지 못하고 빈 스윙만 했다.

제대로 폼을 형성하지 못한 상태에서 공을 던지면 자세가 망가진다는 이유로 이혁기는 아예 공을 들지 못하게 만들었다.

내심 속이 탔다.

최 감독과 약속한 시간은 앞으로 한 달밖에 남지 않았기 때문에 그는 불안한 마음을 숨기지 못했다.

다행스럽게도 이혁기는 두 달이 지나자 공을 들게 해줬다.

그러면서 그는 강찬을 데리고 연습 마운드에 올라가 먼저 투구 시범을 보였다.

연습 마운드는 학교 측에서 투수들을 위해 실내에 만들어준 시설이었는데 야구부 사무실 옆 빈 공간에 마련되어 있었다.

여러 번 경험했고 지켜봤던 모습이었으나 이혁기의 투구 폼은 너무 멋있어 저절로 감탄이 나올 정도였다.

파앙!

위력적인 투구.

최 감독은 이혁기의 구속이 느리다며 가끔가다 한탄하곤 했으나 강찬이 봤을 때 그의 공은 너무 빨라 눈에 보이지도 않을 지경이었다.

연속으로 세 개의 공을 던진 이혁기가 감탄하고 있는 강찬을 향해 싱긋 웃었다.

"빨라 보이냐?"

"예."

"하긴 네 눈에는 그렇기도 하겠다. 하지만 내가 봤을 때 넌 나보다 훨씬 빠른 공을 던질 수 있을 것 같구나."

"그랬으면 좋겠습니다. 그래야 살아남을 수 있을 테니까요."

"바보 같은 놈. 네가 아무리 천재라도 한 달 만에 나 정도의 속구를 던지지는 못한다. 내가 말한 것은 적어도 일 년 후를 말하는 거였다. 너 내가 몇 년 동안 공을 던졌을 것 같냐?"

"…잘 모르겠습니다."

무심했던 걸까?

그러고 보니 야구부에 들어온 이후 미친놈처럼 사느라 사람들에 대한 관심을 갖지 못했다.

그건 이혁기도 마찬가지였기 때문에 그가 자라온 환경 등을 비롯해서 개인적인 부분은 전혀 모른다.

강찬이 어색해하자 이혁기가 그 특유의 웃음을 지으며 말을 이었다.

"내가 공을 처음 던진 건 초등학교 3학년 때였으니까 벌써 9년째다. 미친놈처럼 오직 야구만 생각하며 정말 열심히 훈련했지만 내 어깨가 던질 수 있는 구속은 135㎞/h가 한계였다. 하지만 그것만 가지고도 나는 괜찮은 투수가 될 수 있었다. 슬라이더와 변화구라는 무기가 있었기 때문이었지. 내 구속은 그래도 고교 급에서 웬만한 타자들은 쳐 내지도 못해. 이 구속을 완성시키는 데 걸린 시간이 초등학교 때를 뺀다 해도 6년이다. 그것도 투구 폼을 완벽하게 만들어놓고 걸린 시간이었으니 정말 많이 걸렸다."

"그럼… 저는 안 된다는 겁니까? 그렇게 되면 저는 쫓겨납니다!"

"강찬아, 너는 정말 잘하고 있어. 그러니까 감독님은 약속된 시간이 지나도 너를 받아주실 거다."

"왜 그렇습니까?"

"네 폼이 점점 좋아지고 있기 때문이다. 감독님은 냉정하지만 야구에 대해서는 누구보다 좋은 눈과 지식을 가지신 분이다. 넌 몰랐겠지만 감독님은 계속 네 투구 모습을 관찰하고 계셨고 가끔가다 내게 칭찬도 해주셨다."

"정말입니까?"

"내가 왜 실없이 너한테 거짓말을 하겠냐. 그러니까 걱정하지 말고 차근차근 연습하도록 해. 내가 봤을 때 너는 세광고의 에이스가 될 자질이 충분하다."

이혁기는 위로하며 천천히 해도 된다는 말을 했지만 강찬은 안이하게 마음을 놓고 있을 수만은 없었다.

2개월 전에 보여주었던 최 감독의 시선이 마음에 걸렸기 때문이다.

모진 고통을 참아내며 체력을 길렀으나 최 감독은 시험조차 하지 않고 투구 연습을 하라는 말만 했었다.

사람의 마음은 눈을 보면 알 수 있다고 했는데 강찬을 보는 최 감독의 눈은 전혀 호의적이지 않았고 기대감도 담겨 있지 않았었다.

계속해서 자신의 투구 폼을 관찰하고 있었다는 말도 믿기지 않았다.

그는 주로 혼자 아무도 없는 곳에서 연습했다.

물론 부원들이 있는 곳에서도 연습한 적도 있었으나 최 감독이 지켜본 적은 거의 없었다.

그랬으니 감독이 칭찬했다는 말은 듣기 좋으라고 한 말로 들렸다.

막상 직접 공을 들고 투구를 시작하자 그동안 배워왔던 이론들이 온 머릿속을 헤집었다.

완벽한 폼을 익히기 위해 노력했던 2달간의 시간이 공을 집어 드는 순간 마치 모래성처럼 사라져 갔다.

도대체 뭐가 문제일까.

공을 던지기 위한 다섯 가지 자세에 대해서 구분 동작을 수없이 연습하며 폼을 만들었으나 막상 공을 들고 던지자 한순간에 엉망진창으로 변했다.

킥킹도 엉성했고 백스윙도 좁아졌다.

강력한 공을 뿌리기 위한 중심 이동은 뒤쪽에 남았고 공을 놓는 릴리스 포인트는 열 개 던지면 열 개 모두 달라 공이 제멋대로 날아갔다.

마지막 피니시도 마찬가지였다.

투구의 마무리는 팔로우 드로우가 부드럽게 이루어져야 하는데 릴리스 포인트가 흔들리자 자연스러운 피니시를 만들지 못했다.

폼이 흔들리니 구속은 재보나 마나였다.

완성되지 않은 폼으로 던지는 공은 마치 기어가는 것처럼 느렸다.

이혁기가 그토록 칭찬했던 투구 폼이 망가지는 데 걸린 시간은 단 1초도 걸리지 않았다.

단지 공 하나만 손에 들었을 뿐인데 2달에 걸쳐 미친놈처럼 노력했던 모든 것이 한순간에 무너져 버렸다.

*　　*　　*

강찬은 잠을 이루지 못하고 뒤척이다가 자리에서 일어났다.

어이없이 보내버린 힘든 하루였다.

지옥 같은 3달간의 체력 훈련을 버텼고 완벽한 투구 폼을 익히기 위해서 또다시 2달간 밤잠을 설쳐가며 전력을 다했지만 결과는 처참할 정도로 엉망이었다.

부스럭대는 소리에 동생들이 잠을 자지 못할 것 같아 강찬은 신발을 신고 마당에 나왔다.

봄이 끝나가는 6월의 끝자락은 시원한 바람으로 그의 타는 가슴을 식혀주었으나 가슴속에 담긴 억울함마저 달래주지는 못했다.

오늘따라 달이 무척이나 밝았다.

1시가 넘었는데도 사방은 쏟아지는 달빛으로 사물이 모두 보일 정도였다.

천천히 걸어 장독대에 가서 앉아 멍하니 달을 봤다.

달은 마치 얼굴조차 모르는 엄마처럼 그를 부드럽게 바라보고 있었다.

자신도 모르게 눈물이 주르륵 흘러나왔다.

방황을 끝내게 만들어준 야구였고 그 야구를 위해 모든 것을 걸었던 5개월의 시간이었다.

지금도 계속하고 있는 체력 훈련은 그의 신체를 탄탄하게 만들어주었고 투구 연습을 하면서 이혁기와 나누었던 야구에 대한 지식들은 그를 새로운 세계로 이끌어주었다.

실망했기 때문에 울고 있는 것이 아님을 자신은 너무나 잘 알고 있었다.

이 정도에 실망해서 포기할 거였다면 처음부터 시작하지 않았을 것이다.

그의 눈에서 눈물이 흐른 것은 온 힘을 다했음에도 원하는 것을 얻지 못했다는 자괴감 때문이었다.

하지만 이 자괴감은 오늘 이 밤이 지나면 언제 그랬냐는 듯 사라질 것이고 새로운 각오를 다지며 또다시 미친 듯 훈련에 매진할 게 분명했다.

달을 벗 삼아 시간을 보낼 때 문이 열렸다.

문을 열고 나온 사람은 은서였고 그녀는 망설이지 않고 강찬을 향해 다가왔다.

뭐라 물어볼 것이라 생각했으나 은서는 아무 말 없이 그의 옆에 앉아 달을 바라보았다.

그러고는 한참 후 작은 손을 들어 강찬의 어깨를 감쌌다.

"오빠, 힘들면 그만둬도 돼. 난 오빠가 뭘 하든 응원할 거니까 오빠 하고 싶은 거 해. 그리고 다시는 울지 마. 난 오빠 우는 거 보면 가슴이 너무 아파."

*　　*　　*

강찬의 훈련은 야구부의 정식 훈련이 끝나고 난 후부터 본격적으로 시작된다.

정식 훈련 시간에도 운동을 하지만 모든 잔심부름을 도맡아 해야 되기 때문에 집중하기가 어려워 강찬은 저녁을 먹고 본격적으로 투구 연습을 했다.

실망과 포기를 모르는 강찬의 훈련은 지칠 줄 모르고 이어졌다.

처음의 어설픔을 뒤로하고 시간이 지날수록 그의 투구 폼은 안정되기 시작했는데 그에 맞춰 구속도 천천히 올라오고 있었다.

그리고 최 감독과 약속했던 6개월이 다가왔다.

그날은 청룡기 대회가 시작되는 일주일 전이었고 전술훈련을 하느라 눈코 뜰 새 없이 바쁜 날이기도 했다.

바쁘게 움직이는 최 감독을 바라보며 강찬은 하루 종일 눈치만 봤다.

시험은 감독이 원할 때 이루어지는 것이지 그가 바란다고 해서 원하는 시간에 이루어지는 게 아니었다.

최 감독이 그를 부른 것은 태양이 지는 석양 무렵이었다.

부원들은 훈련을 마무리하느라 장비를 챙기고 있었는데 최 감독이 갑자기 공을 줍고 있는 강찬을 불렀던 것이다.

와락 긴장한 강찬이 커다란 대답과 함께 최 감독을 향해 달려갔다.

오늘은 글렀다고 생각했지만 김종훈이 달려오는 강찬에게 손가락으로 브이 자를 그려 보이자 숨이 턱하니 막혀왔다.

김종훈은 마스크를 쓴 채 포수 자리로 걸어가는 중이었다.

최 감독은 강찬이 다가오자 특유의 차가운 인상으로 대뜸 입을 열었다.

그는 하루 종일 마치 잊은 것처럼 행동하면서도 이 순간을 기다리고 있었던 것 같았다.

"준비 잘했겠지?"

"열심히 했습니다."

"연습구 10개에 전력투구 10개다. 최선을 다해 던져라."

최 감독은 말을 끝내고 등을 돌려 감독석으로 돌아가 느긋하게 자리에 앉았다.

장비를 챙기던 부원들의 손길이 멈춰졌고 감독의 지시를 받은 윤형만이 속도 측정기를 들고 포수 뒤쪽에 가서 자리를 잡았다.

마운드에 오른 강찬은 심호흡을 길게 하고 파우더를 손에 바른 후 천천히 와인드업을 한 후 공을 뿌렸다.

공은 천천히 날아가 포수 미트에 곡선을 그리며 미끌어지듯 들어갔지만 경쾌한 소리는 나지 않았다.

워낙 느린 공이었기 때문이었다.

팔을 풀기 위해 던진 공이었으니 공의 구속은 의미가 없는 투구였다.

강찬은 연거푸 두 번을 더 그렇게 던진 후 본격적으로 투구를 하기 시작했다.

정확한 킥킹에 이은 백스윙, 그리고 체중 이동과 팔로우가 한 편의 그림처럼 완벽하게 펼쳐졌다.

그에 따른 구속도 점점 빨라져 미트에 빨려 들어가는 소리가 운동장에 경쾌하게 울렸다.

열 개의 연습구가 끝나자 마스크를 올린 김종훈이 마운드를 향해 뛰어왔다.

"강찬, 긴장하지 않았지?"

"예, 괜찮습니다."

"어깨에 땀은 났냐?"

"축축해졌습니다."

"컨디션은?"

"좋습니다."

"오케이, 그럼 이제 맘껏 던져 봐라. 미트 똑바로 보고. 멋지게 잡아줄 테니 걱정하지 마!"

김종훈이 강찬의 어깨를 툭툭 쳐 준 후 포수 자리로 돌아갔다.

그러자 구경하던 부원들이 강찬의 이름을 부르며 파이팅을 외쳐 댔다.

고마움에 울컥하는 마음이 들었으나 강찬은 마음을 다부지게 먹고 김종훈을 바라봤다.

어깨에 최대한 힘을 빼고 완벽하게 균형을 잡는다.

체중 이동을 통해 정확하게 릴리스 포인트를 잡고 공을 뿌리면 최대의 구속을 만들어낼 수 있다.

10개의 연습 투구를 통해 몸을 푼 강찬은 초구부터 전력으로 공을 던졌다.

하지만 초구는 욕심 때문인지 제구가 안 돼서 좌측으로 빠져나갔다.

제구가 안 된다는 건 구속도 떨어진다는 뜻이다.

호흡을 길게 가다듬고 2구를 던졌다.

다행스럽게 제구가 되면서 공은 정확하게 포수 미트로 파고들었다.

팡!

경쾌한 음향과 함께 김종훈의 입에서 굿이란 소리가 흘러나왔다.

용기를 북돋아주는 외침이었고 그것이 강찬의 투구를 더 힘

있게 만들어주었다.

투구가 계속될수록 점점 속도가 올라가는 게 느껴졌다.

그리고 마지막 공을 뿌렸을 때 그의 오른쪽 다리가 팔로우를 거쳐 정확하게 포수 쪽을 향했다.

팡!

이전 공과 묘하게 소리가 달랐다.

경쾌하면서도 묵직한 소리가 마치 총을 쏠 때 들리는 소리와 비슷했다.

윤형만으로부터 속도 측정 결과를 보고받은 최 감독의 얼굴이 슬쩍 굳어졌다가 금방 펴졌다.

가장 빠른 구속은 130km/h였는데 마지막에 던진 공이었다.

의외의 결과에 고개가 저절로 흔들렸다.

30년의 야구 경력으로 봤을 때 미트에서 저 정도의 소리가 날 때는 140km/h가 넘어야 한다.

더군다나 워낙 공이 무겁게 들어갔기 때문에 벌떡 일어서기까지 했었다.

그런데 결과는 그의 예상과는 다르게 속도는 많이 쳐졌다.

물론 이제 6개월밖에 안 된 놈이 130km/h를 던진다는 건 엄청난 발전임은 분명했지만 그럼에도 아쉬운 건 어쩔 수 없는 일이었다.

손짓으로 부르자 마운드에 있던 강찬이 뛰어왔다.

강찬은 잔뜩 긴장되어 있었는데 다가와서 꾸벅 인사하고 최 감독의 입만 바라보았다.

그런 강찬을 향해 드디어 최 감독의 입이 열렸다.

"너는 불합격이다."

청천벽력과 같은 소리가 감독의 입에서 나오자 잔뜩 긴장해 있던 강찬의 얼굴이 하얗게 변했다.

나름대로 마지막 공이 좋았기 때문에 기대하고 있었는데 감독은 칼같이 잔인한 말을 꺼내놓았다.

여전히 차가운 얼굴이었고 여전히 거친 말투였다.

매달리고 싶었으나 아무런 말도 하지 못한 것은 자존심 때문이 아니라 충격으로 인해 정신이 나갔기 때문이었다.

이대로 끝나는 건가.

지난 6개월 동안 미친 듯 노력했던 영상들이 마치 파노라마처럼 펼쳐지며 지나갔다.

정신은 멍해졌고 저절로 눈이 감겨졌다.

최 감독의 말이 이어진 것은 강찬이 좌절감으로 인해 고개를 깊이 떨어뜨리고 있을 때였다.

"하지만, 너의 노력이 가상해서 6개월의 시간을 더 주겠다. 그때까지 140km/h를 만들어라. 그러면 너를 정식으로 선수 등록 해주마. 하지만 그게 안 되면 넌 거기서 끝이다. 내 말 명심해라."

제3장
비상

최 감독은 멀어져 가는 강찬을 바라보며 한숨을 내쉬었다

6개월 만에 130㎞/h를 던지는 강찬은 계륵 같은 존재였다.

원래부터 좋은 어깨를 가진 건 알고 있었지만 완벽한 투구 폼을 갖춘 채 그 정도의 속구를 던진다는 것은 그가 얼마나 많은 노력을 했는지 알려주는 것이었다.

강찬의 체력만 봐도 알 수 있었다.

처음에는 운동장 10바퀴에도 허덕였고 근력이라고는 찾아볼 수도 없었는데 그의 몸은 투구하는 데 이상적인 몸으로 변해 있었다.

감독은 만만한 존재가 아니다.

다가오는 메이저 대회들을 준비하면서도 그는 알게 모르게 강찬을 체크하고 있었다.

물론 강찬은 그의 관찰을 느끼지 못했을 테지만 그는 분명히 시간대별로 훈련 상태를 체크했었다.

시간이 지날수록 강찬의 진심이 느껴졌다.

더 많은 발전을 위해 몸부림치는 강찬의 노력은 그의 마음을 움직이게 만들었다.

하지만 결과는 여전히 그를 만족시키지 못했다.

망설여졌다.

그 짧은 시간에 130km/h를 던진 건 가상한 일이었으나 강찬이 던진 10개의 공은 제구력이 모두 엉망이었다.

그에게는 시간이 많지 않았다.

강찬을 훈련시켜 괜찮은 투수로 만들기 위해서는 얼마나 많은 시간이 걸릴지 알 수 없었다.

공의 스피드도 문제였지만 제구력을 잡는 데도 많은 시간이 필요했다.

더군다나 좋은 투수가 되기 위해서는 패스트볼을 뒷받침해 줄 수 있는 변화구나 슬라이더 등 보조 공격 수단이 필요한데 그런 구질들을 익히기 위해서는 구속을 끌어 올리는 것만큼의 시간들이 요구된다.

그랬기에 망설여졌다.

강찬을 훌륭한 투수로 만들어내는 데는 최소 2년이라는 시간이 필요한데 그렇게 되면 강찬은 이미 그에게 쓸모없는 존재가 돼버린다.

애써 길러 자신은 한 번도 써먹지 못하고 남 좋은 일만 시킨다면 그건 정말 한심한 일이었다.

6개월의 기간을 제시한 것은 그런 이유 때문이었다.

강찬이 자신의 요구대로 6개월 만에 구속을 140㎞/h까지 끌어 올린다면 승부를 걸어볼 만했다.

그리고 그것은 충분히 가능한 일이었다.

최 감독은 투수 조련사로 정평이 나 있는 사람이었기 때문에 누구보다 투수의 장단점을 정확히 파악하는 눈을 가졌다.

강찬의 투구 폼이 좋은 건 사실이나 구속을 끌어 올리는 동작들이 아직도 미숙한 상태였다.

그에 필요한 근력을 보완하고 동작들을 교정해 준다면 짧은 시간 안에 구속을 끌어 올릴 수 있을 것 같았다.

140㎞/h의 패스트볼이라면 고교 정상급이다.

그 정도 구속에 제구력과 시간이 적게 걸리는 슬라이더를 장착시킨다면 1년 반 동안은 충분히 써먹을 수 있을 거란 판단이었다.

당연히 그가 세광고를 떠나지 않는다는 전제 조건에서였다.

올해 남은 대회에서 좋은 성적을 낸다면 중앙대 감독으로 갈 수 있는 기회는 여전히 남아 있었다.

강찬이 홀로 남아 연습하고 있는 연습 마운드에 최 감독이 들어온 것은 저녁 8시 무렵이었다.

청룡기 대회가 코앞으로 다가왔기 때문에 부원들은 전부 합숙 훈련 중이었는데 이 시간이라면 상대 학교들의 전력을 분석할 시간이었다.

놀란 얼굴로 강찬이 꾸벅 인사를 하자 최 감독은 천천히 다가와 공이 담긴 바구니를 확인했다.

바구니에는 대충 열 몇 개의 공이 남아 있었다.

바구니에 백 개의 공이 담기니 벌써 80구 이상은 던졌다는 얘기다.

그걸 증명이라도 하듯 그물망 아래에는 공들이 지천으로 깔려 있었다.

"던져 봐."

툭하고 던져진 한마디.

예상하지 못했던 말이었기에 얼떨떨한 표정으로 강찬이 투수 플레이트에 발을 올려놓았다.

자신도 모르게 긴장이 사정없이 피어올랐다.

지금까지 한 번도 옆에서 지켜보지 않던 최 감독이 매처럼 날카로운 눈을 한 채 서 있자 몸이 굳어졌다.

하지만 강찬은 곧 배운 대로 팔을 흔들어 긴장을 완화시켰다.

이런 드문 기회를 망치고 싶지 않았다.

무슨 이유로 여기까지 와서 공을 던지라고 하는지 모르겠지만 최선을 다해 좋은 피칭을 보여주고 싶었다.

와인드업을 하고 심호흡을 했다.

천천히 다리를 들어 올린 후 스피드를 더하며 백스윙과 체중 이동을 통해 공을 던졌다.

팡!

경쾌한 소리와 함께 날아간 공이 목표물 좌측 하단에 꽂히는 것이 보였다.

긴장이 남아 있었던지 완벽한 투구는 아니었지만 그런대로 만족할 만한 공이었다.

공을 던진 강찬은 자세를 바로한 후 감독을 바라봤다. 그러자 최 감독이 아무런 말 없이 바구니에서 공을 한 개 꺼내 들었다.

그러고는 천천히 와인드업 자세에서 왼쪽 발을 끌어 올렸다.

공을 던지기 위한 사전 동작이다.

그러나 최 감독은 공을 던지지 않고 강찬을 바라봤다.

"왼쪽 다리를 들어 올리는 것은 공을 던지기 위해 힘을 축적하는 과정이다. 대부분의 초보자들은 너처럼 순수하게 다리 힘으로 킥킹을 하지만 그것은 잘못된 행동이다. 그렇게 해서는 폭발적인 힘을 축적하지 못한다."

"그럼 어떡해야 됩니까?"

궁금함을 참지 못하고 강찬이 묻자 처음으로 최 감독의 표정이 작게 변했다.

하지만 곧 그는 표정을 원래대로 회복하고 강찬의 질문에 대답했다.

"배로 다리를 들어야 한다. 복근의 힘을 이용해서 다리를 최

대한 끌어 올려야 힘을 응축시킬 수 있다……."

최 감독은 설명과 함께 하나씩 동작을 보여주었다.

복근으로 다리를 끌어 올리지 못하면 상체가 서거나 뒤로 넘어가기 때문에 공을 효과적으로 던지지 못한다는 설명이었다.

그것만이 아니었다.

들린 다리가 얼마나 오랫동안 버티느냐에 따라 패스트볼의 구속이 달라진다며 체중 이동이 완벽하게 될 때까지 복근과 다리가 붙어 있어야 된다는 걸 강조했다.

그는 백스윙 시 팔의 각도와 높이, 그리고 상체의 방향에 대해서 일일이 설명해 줬고 어깨와 팔이 유연하게 뒤로 넘어가야 올바른 중심 이동이 된다는 것도 직접 시범을 보였다.

앞무릎이 뻣뻣하면 완벽한 팔로우를 할 수 없다는 것을 마지막으로 설명을 마쳤을 때는 벌써 1시간이 훌쩍 지나 있었다.

타고난 성격이 냉정한 건지 어색한 것을 극도로 싫어하는 건지 알 수 없었으나 최 감독은 설명을 마친 후 강찬의 어깨를 툭 하니 쳐 주고 자리를 벗어나 버렸다.

다시 혼자가 된 강찬은 최 감독의 설명을 되새기며 자신의 동작을 되짚어봤다.

나름대로는 완벽한 폼을 갖췄다고 생각하고 있었으나 감독의 설명을 듣게 되자 제대로 된 게 하나도 없다는 걸 알았다.

이제야 이혁기나 다른 투수들의 이야기가 생각났다.

워낙 중구난방으로 설명된 내용들이라 깊이 새겨듣지 않았는데 최 감독의 일목요연한 강의를 듣자 그게 그런 뜻이었다는 걸 이제야 알 수 있었다.

* * *

강찬은 청룡기가 열리는 전주까지 따라갔으나 금방 되돌아오고 말았다.

세광고는 16강의 문턱을 넘지 못하고 주저앉았기 때문에 중도에서 돌아올 수밖에 없었다.

팀의 분위기는 완전히 침체되었고 최 감독은 언제부턴가 술을 마시기 시작했다.

감독은 감독대로 학생들은 학생들대로 시름에 젖었다.

특기자로 대학에 입학하기 위해서는 최소 4강의 성적을 올려야 했는데 우승 전력을 갖췄다는 세광고는 이번에도 실패를 맛보고 말았다.

2개 대회에서 연거푸 중도에서 탈락하자 연초의 자신만만했던 패기는 많이 수그러든 상태였다.

세광고의 약점은 걱정했던 대로 투수진에서 나타나고 있었다.

주전 투수인 이혁기는 변화구와 슬라이더는 좋으나 결정적으로 패스트볼이 약해서 타력이 좋은 팀을 만나면 한 방에 무너져 버렸고 손혁은 패스트볼은 좋으나 변화구가 약해서 오래 버티지 못했다.

앞으로 남은 전국 대회는 대통령 배뿐이었다.

최 감독의 고민은 부진의 원인이 투수라는 것 때문이었다.

다른 것이라면 모를까 투수의 재원이 부족하다는 것은 해결할 방법이 없었다.

유명한 투수 조련사로 소문난 최 감독이 투수들로 인해 애를 먹는다는 건 참으로 아이러니한 일이었다.

그러나 훌륭한 재목이 있어야 최고의 투수를 만들어낼 수 있는데 이혁기는 근본적으로 어깨가 약했고 손혁은 야구에 대한 재능은 뛰어났으나 집안이 부유했기 때문인지 노력이 부족했다.

다른 투수들도 마찬가지였다.

고만고만한 재능을 가지고 있어 완투 능력이 없었다.

그나마 그런 투수들을 전국 대회 급으로 끌어 올린 것은 그의 철저한 관리 방식과 훈련 때문이었다.

그럼에도 최 감독은 금방 다시 일어나 부원들을 독려하기 시작했다.

그의 뚝심은 실망에 젖어 본업을 포기할 만큼 나약하지 않았다.

강찬의 훈련은 한 번도 중지되지 않았다.

여전히 야간의 연습 마운드는 그의 것이었고 언제나 10시가 되어야 집에 돌아갔다.

최 감독은 그때 이후로 일주일에 한 번 정도씩 그의 폼을 교정해 주었다.

열정적인 가르침은 아니었으나 한 번 봐줄 때마다 정확하게 잘못된 점을 지적했고 더 효율적인 방법을 제시해 주었다.

그런 과정을 거쳐 강찬의 구속은 점점 빨라져 갔다.

그동안 세광고는 대통령 배에서 8강에 들었으나 연초에 기대했던 성적과는 천양지차였기 때문에 야구부의 분위기는 엉망이었다.

겨울이 왔지만 좋은 성적을 올리지 못한 최 감독은 그토록 원하던 대학 감독으로 가지 못했다. 중앙대 측에서는 두 번의 우승을 차지한 경북고 감독을 스카우트했는데 꽤 좋은 조건이라는 기사가 신문에 났다.

이혁기를 포함해서 몇은 대학으로 진학했으나 나머지는 대학 진학을 포기해야 했다.

유난히 좋지 못했던 금년 성적은 최 감독과 부원들의 가슴에 깊고 깊은 상처를 새겨놓았다.

* * *

6개월이란 시간은 그리 길지 않았다.

아직 나이 어린 강찬이었지만 미친 듯 매달린 시간들은 속절없이 흘러 약속된 시간이 오도록 만들었다.

최 감독의 시험은 겨울이었기 때문에 연습 마운드에서 이루어졌다.

잠시도 쉬지 않고 달려온 6개월의 결과는 허무하게 금방 나타났다. 그렇게 노력했는데도 강찬의 구속은 결국 137㎞/h에 그치고 말았다.

속도 측정계의 결과를 확인한 순간 주르륵 눈물이 흘러나왔다.

아쉬웠고 억울했다.

이대로 물러서야 한다고 생각하니 가슴이 아파와 목이 메었다.

하지만 그런 강찬의 눈물을 닦아준 것은 뜻밖에도 최 감독이었다.

"수고했다. 생각보다 훨씬 잘 나왔구나."

"…감독님."

"이제부터 너는 진짜 세광고 선수다."

"정말입니까? 그럼 저를 받아주시는 겁니까?"

강찬의 반문에 최 감독의 얼굴에서 희미한 웃음이 비쳐졌다.

정말 오랜만에 보여주는 웃음이었다.

하지만 그는 곧 웃음을 지운 후 눈을 부라렸다.

"좋아하기에는 이르다. 시합에 나가려면 넌 아직도 많은 것들을 배워야 한다. 앞으로도 넌 뼈를 깎는 노력을 해야 될 것이다."

"그래도 고맙습니다. 더 열심히 노력해서 감독님 뜻에 부응하도록 하겠습니다."

"지금까지는 내가 바빠서 널 제대로 돌보지 못했지만 앞으로는 직접 지도하겠다. 그리되면 지금까지는 아무것도 아니라고 생각될 만큼 엄청난 고통이 따를 거다."

"전 괜찮습니다. 가르쳐만 주시면 뭐든 하겠습니다."

"좋다, 그런 각오라면 해보자."

최 감독은 강찬과 약속한 것을 지키기 위해선지 직접 훈련 스케줄을 만들어 왔다.

그의 훈련 스케줄은 지속적인 근력 강화와 투구 폼의 교정을 통한 직구의 스피드 향상에 많은 시간이 할애되어 있었다.

투수의 가장 강력한 무기는 언제나 패스트볼이라는 게 그의 철학이었다.

속구를 가지지 못한 투수는 아무리 뛰어난 변화구를 지녔다 해도 상대를 제압할 수 없기 때문에 수명이 짧을 수밖에 없다는 주장이었다.

그렇다고 해서 변화구를 소홀히 한 것도 아니었다.

최 감독은 겨울방학 동안은 체력 증진을 통해 직구의 스피드 향상에 주력했지만 봄서부터는 슬라이더와 커브를 집중적으로 익히도록 시간을 안배해 놓았다.

스케줄 표에 따르면 최 감독은 적어도 하반기부터 강찬을 실전에 투입하려는 생각을 가진 것으로 보였다.

그러나 그가 강찬에만 매달린 건 아니었다.

작년 한 해의 성적이 좋지 않은 이유가 투수 때문이라는 걸 알고 있었기 때문에 그는 겨울 내내 세광고 주력 투수들을 합숙시키며 강도 높은 훈련을 시켰다.

포수를 비롯해서 내야의 수비진이 탄탄했고 타격 능력도 다른 팀에 비해 뒤지지 않기 때문에 투수들만 제 역할을 해준다면 새 시즌은 충분히 해볼 만했다.

하지만 역시 투수들이 문제였다.

주전 투수가 되면서 손혁이 정신을 차리고 훈련에 열중하면서 실력이 부쩍 늘었으나 2학년에 올라온 민윤기와 어윤천 정도가 실전에 투입될 정도였고 나머지 1학년 부원들은 아직 실전에 투입해서 운용할 정도는 아니었다.

중학교에서는 날렸겠지만 고교야구는 이제 막 들어온 신입생들에게는 거대한 벽을 연상시킬 만큼의 수준 차이가 있었다.

* * *

혹… 혹…….

거칠게 숨을 몰아쉰 강찬이 천천히 양손에 들었던 덤벨을 내려놓았다.

체력 훈련을 끝낸 그의 몸은 온통 땀으로 젖어 있었는데 완벽한 몸매로 변해 있었다.

식스팩은 기본이고 하체는 차돌처럼 단단하게 근육이 박혀 마치 튼튼한 전마를 보는 것 같았다.

벌써 계절은 여름을 넘어서고 있었다.

최 감독의 스케줄대로 훈련한 지 벌써 8개월째였으며 직구의 스피드는 143㎞/h를 찍었다.

나름대로 슬라이더와 커브도 말을 듣기 시작해서 언제든지 실전에 투입시켜 준다면 9회까지 완투할 자신이 생겼다.

최 감독은 5월까지는 매일같이 한 번씩 강찬의 체력과 공 스피드를 체크하며 변화구를 가르쳤지만 본격적인 시즌이 시작되자 그를 한 번도 찾지 않았기 때문에 그는 3달 동안 혼자 훈련을 했다.

강찬은 최 감독이 훈련을 봐준 5월 초까지는 공의 스피드가 전혀 올라오지 않았고 변화구의 습득도 매우 느려 그를 실망시켰다.

시간이 지날수록 그의 실망은 지속되었고 감정이 솔직한 최 감독은 그런 실망을 감추지 않은 채 강찬을 압박하곤 했다.

투수가 부족했기 때문에 강찬을 키워서 써먹으려던 그의 계획은 5월이 되어 시즌이 시작될 때까지 강찬이 전혀 발전이 없자 극도의 실망감으로 돌아왔다.

그가 강찬을 찾지 않기 시작한 것은 황금사자기 대회 때부터였다.

발전이 없는 강찬에게 시간을 할애하는 것이 어리석은 짓이라는 생각을 그는 그때부터 가진 모양이었다.

하지만 강찬의 구속은 2달 전부터 급속하게 늘기 시작하더니 급기야 보름 전에는 140㎞/h를 찍었고 오늘은 143㎞/h까지

나왔다.

그동안 주춤거렸던 백스윙을 과감하게 뒤로 뺐고 최대한 팔을 뻗어 릴리스 포인트를 가져가자 공은 무섭게 빨라지고 있었다.

팡… 팡…….

연습 마운드에서 뿌린 그의 공이 타깃에 맞을 때마다 체육관을 얼얼하게 때리는 강렬한 소리가 터져 나왔다.

쾌감으로 온몸에 전율이 솟구쳤다.

공을 던질 때마다 살아온 이유와 살아갈 이유가 점점 커졌고 자신감이 가득 들어찬 가슴은 기쁨으로 빡빡해졌다.

하지만 더욱 그를 기쁘게 만든 것은 그토록 그를 괴롭히던 슬라이더와 커브가 서서히 제구되기 시작했다는 것이었다.

아직 완벽하게 원하는 곳에 찔러 넣을 수준은 아니었고 낙차도 그리 크지 않았지만 패스트볼과 함께 쓴다면 강력한 무기가 될 수 있을 정도였다.

보여주고 싶었다.

실망감을 느낀 채 괴로운 표정으로 체육관을 벗어나던 최 감독에게 자신의 공을 보여주고 싶었다.

그가 찾지 않은 것에 대한 원망은 전혀 없었다.

최 감독은 야구를 할 수 있게 배려해 준 은인이었으니 그를 기쁘게만 할 수 있다면 뭐든 다 할 수 있을 것 같았다.

*　　　*　　　*

금년 시즌은 작년 시즌과 별반 다르지 않았다.

전반기 주말 리그 왕중왕전인 황금사자기 대회는 16강에서 탈락했고 하반기 주말 리그 토너먼트인 청룡기에서는 8강으로 그쳐 야구부의 분위기는 그야말로 최악이었다.

마지막 남아 있는 대통령 배까지 4강에 진입하지 못한다면 최 감독은 자리를 내놔야 될지도 모른다는 소문이 슬금슬금 새어 나오고 있었다.

여전히 투수력이 문제였다.

이혁기가 빠져나간 자리를 손혁이 메우며 버티고 있었으나 2학년인 민윤기와 어윤천이 제 역할을 못해주는 바람에 결정적인 순간에 주저앉는 일이 반복되었다.

대통령 배는 메이저 대회 중 가장 늦게 열리는 전국 대회로 8월 말에 열린다.

청룡기 대회와는 불과 보름 간격을 두고 열리기 때문에 각 학교는 시합을 위해 별도로 준비할 시간이 거의 없다고 봐야 했다.

그래서 안정된 전력을 보유하고 있는 팀들이 청룡기 대회에 이어 4강에 안착할 가능성이 큰 대회였다.

이번 대통령 배는 춘천에서 열렸기 때문에 시합 전날 이동하기로 되어 있었다.

오후 2시에 출발하는 것으로 계획되어 점심시간이 지나자 부원들은 장비들을 챙기느라 정신이 없었지만 그런 와중에도 비장한 결의가 넘치고 있었다.

마지막 기회였다.

이번 대회에서도 4강에 들지 못한다면 손혁이나 김종훈, 윤형만이라면 모를까 나머지는 전부 대학 가는 건 꿈도 꿀 수 없게 된다.

하지만 강찬은 그들과 다른 이유로 괴로워하고 있었다.

청룡기 대회에서 8강에 그친 최 감독은 여전히 강찬을 찬밥 대우했기 때문에 쉽사리 말을 붙이기 어려웠다.

그는 어쩐 일인지 강찬이 다가서기만 하면 일부러 그러는 것처럼 자리를 피해 버렸기 때문에 구속이 140㎞/h를 넘었다는 사실조차 아직 말하지 못했다.

* * *

백구의 향연.

개막식을 알리는 춘천 종합운동장에 입장한 관중들은 대회 관계자와 가족들뿐이었으나 그 열기는 프로야구 못지않게 매우 뜨거웠다.

학교별로 늘어선 선수들의 표정 또한 긴장감에 사로잡혀 있었다.

금년 한 해를 마무리하는 마지막 대회다 보니 이겨야 한다는 결의가 그들의 숨소리에 고스란히 담겨 있었다.

대통령 배는 황금사자기나 청룡기보다 참가 팀 수가 더 많다.

다른 대회는 32팀이 참여했으나 대통령 배는 41팀이 참여하기 때문에 우승에 대한 경쟁률은 훨씬 높다.

세광고의 첫 상대는 경남고였다.

경남고는 역사를 자랑하는 강호였으나 요 몇 년 동안은 좋은 선수들이 나타나지 않아 세광고 못지않게 성적이 좋지 않았다.

그럼에도 경남고의 4번 타자인 손주인은 언제나 홈런을 때릴 수 있는 강타자였기에 최 감독은 선발로 출전하는 손혁에게 몇 번이나 조심하라는 주의를 줬다.

하지만 그 우려는 기우에 불과했다.

손혁의 컨디션은 그야말로 최고 중의 최고였기 때문에 경남고 선수들은 그의 공을 건드리지도 못할 정도였다.

반대로 세광고 타자들은 펄펄 날았다.

상대의 선발투수를 완전히 농락하며 6회까지 무려 7점을 뽑아낸 것이었다.

요즘 들어 웃음을 잃고 있던 최 감독의 얼굴이 활짝 폈다.

야구가 오늘처럼만 된다면 걱정할 일이 하나도 없을 것 같았다.

최 감독이 벤치에 앉아 있는 손혁을 부른 것은 6회 말 2아웃 상황에서 김종훈이 2점 홈런을 때리고 들어온 직후였다.

김종훈의 홈런으로 점수는 9 : 1까지 벌어진 상태였다.

"어떠냐?"

"괜찮습니다."

손혁이 팔을 슬며시 돌리며 대답하자 최 감독이 다가가 손으로 어깨를 눌러 풀어주었다.

오늘 5안타를 허용했으나 모두 산발이었기 때문에 점수는 1점밖에 주지 않았다.

언제나 주전 투수다운 투구를 해주는 손혁을 최 감독은 보배 다루듯 했다.

잠시 동안 어깨를 풀어주던 최 감독이 천천히 자리에서 일어났다.

그러고는 손혁에게서 눈을 떼며 말을 이었다.

"그래도 오늘은 그만 던지자. 점수 차이가 많이 났으니 다음 경기도 생각해야지."

멀지 않은 곳에 있었던 강찬은 최 감독과 손혁의 대화를 듣고 이를 악물었다.

야구부에 들어와 벌써 몇 번째란 말인가.

2년 동안 미친놈처럼 훈련했지만 한 번도 공을 던지지 못했으니 자신의 모습이 너무 한심해서 기가 막힐 지경이다.

최 감독의 시선이 연습 투구를 하고 있는 신입생 투수들에게 향하는 것이 보였다.

아마도 손혁 대신 그들 중 하나를 구원투수로 내보낼 생각인 것 같았다.

9 : 1.

일방적인 경기였기 때문인지 신입생들에게 경험을 쌓게 하려는 의도로 보였다.

그 모습에 자신도 모르게 벌떡 일어서서 최 감독에게 다가갔다.

이 기회마저 놓치면 이번 대회에서도 출전이 어려울 것 같다는 생각이 그를 최 감독에게 다가가도록 만들었다.

용기가 아니라 만용이라도 좋다.

강찬이 다가서자 최 감독이 황당한 눈으로 그를 쳐다봤다.

"뭐야?"

"감독님, 구원하실 거면 절 내보내 주십시오."

"무슨… 넌 안 돼!"

"왜 안 됩니까?"

"그 정도 구질 가지고는 1회도 못 버틴다. 학교 망신시킬 생각이냐?"

"감독님. 벌써 2년입니다. 그리고 최근에 구속도 많이 좋아졌습니다. 1회만 던지게 해주십시오. 제발 부탁드립니다."

강찬은 말을 마치고 풀썩 주저앉아 무릎을 꿇었다.

이번 기회를 놓치면 언제 또 출전할 수 있을지 기약조차 하지 못한다.

그랬기에 그는 간절한 눈으로 최 감독을 바라보며 애원의 시선을 던졌다.

냉정했던 최 감독의 얼굴이 풀어진 것은 6번 타자인 김세형이 외야 플라이로 아웃되며 들어왔을 때였다.

최 감독은 천천히 한숨을 쉬었는데 그리 밝은 표정은 아니었다.

2년의 세월.

막상 강찬의 애원을 듣게 되자 슬그머니 미안한 마음이 가슴속에서 새어 나왔다.

자신의 말만 믿고 미친놈이 되어 공을 던져 왔으니 일말의 책임감도 느껴졌다.

더군다나 워낙 많은 점수 차가 났기 때문에 내보낸다 해도 커다란 문제는 없을 거란 판단이 들었다.

그럼에도 그는 여전히 딱딱한 표정으로 입을 열었다.

"좋다. 딱 3명만 상대하는 것으로 하자. 하지만 한 타자라도 안타를 허용하면 교체하겠다. 알겠지?"

"고맙습니다, 감독님."

"그럼 지금부터 몸을 풀어라. 재윤이가 대량 실점만 하지 않는다면 너를 8회에 올려주겠다."

다행스럽게 1학년 투수인 허재윤은 7회에 단 1실점으로 경남고의 타선을 틀어막았다.

꽤 좋은 투구였으나 빈공에 허덕이던 경남고 타선은 2안타를 집중시키며 1점을 따라왔다.

허재윤 정도 가지고는 버티지 못한다는 결론이었다.

정상적인 로테이션이라면 민윤기나 1학년 중에서 가장 좋은 구위를 가진 유재규를 투입하는 것이 수순이었으나 최 감독은 약속을 지켰다.

최 감독의 투수 교체 요청으로 마운드에 오른 강찬을 향해 김종훈이 다가왔다.

그는 강찬의 긴장을 풀어주려는 듯 밝게 웃고 있었다.

세광고의 4번 타자로 금년 들어 더욱 맹렬한 타격을 선보이고 있는 김종훈은 모든 대학의 스카우트 대상이었는데 그런 이유 때문인지 그는 언제나 자신감이 넘쳤다

"고맙다, 이강찬."

"왜요?"

"졸업하기 전에 마음의 빚을 털고 갈 수 있게 해줘서. 난 네가 투구하는 거 못 보고 떠날까 봐 걱정하고 있었다. 어디 오늘 죽어라고 연습했던 네 실력 좀 보자."

"그러겠습니다. 그런데 손바닥은 조심하십시오."

"뭔 소리야?"

"감독님이 3명만 상대하라고 하셨거든요. 그러니까 혼신의 힘을 다해 던질 겁니다."

"하하, 알았다. 어디 미트가 터지도록 던져 봐라."

김종훈이 유쾌하게 웃으며 포수석으로 돌아가자 강찬이 눈을 돌려 관중석을 바라보았다.

텅빈 관중석에는 불과 오십여 명만이 앉아 있었다.

심호흡을 길게 하고 천천히 와인드업을 했다.

그런 후 50%의 힘으로 공을 던졌다.

대통령 배는 대회 규정상 투수가 바뀌었을 때 4번의 연습구를 던질 수 있도록 되어 있었기 때문에 천천히 페이스를 끌어

올릴 생각이었다.

두 번째 공은 70%였고 세 번 째와 네 번째 공은 80%로 던졌다.

연습구에서 최고 구속을 선보여 타자를 긴장시킬 필요는 없기 때문이다.

4개의 연습구를 모두 던지자 뒤에서 배팅 연습을 하던 경남고의 6번 타자가 타석으로 들어섰다.

손혁이 던질 때 두 번이나 삼진을 당한 그는 결정구인 속구에 배트조차 휘두르지 못했다.

손혁의 패스트볼은 최고 구속이 140㎞/h를 넘기지 못한다.

그런 정도의 패스트볼에 당했다는 건 자신의 공에도 꼼짝하지 못한다는 걸 의미하는 것이었다.

그랬기에 강찬은 초구부터 속구를 던졌다.

쉬이익… 팡!

와인드업에 이은 백스윙, 그리고 완벽한 피니시까지 물 흐는 것처럼 유연한 강찬의 투구 폼은 아름다움 속에 폭발적인 강함을 숨겨놓고 있었다.

공이 홈 플레이트를 통과했을 때 타자는 물론이고 공을 받은 김종훈까지 얼마나 놀랐는지 움직이지 못했다.

공이 예상보다 훨씬 빨랐고 공 끝이 살아 들어와 홈 플레이트를 통과할 때는 마치 비행기가 이륙하는 것처럼 느껴질 정도였다.

놀란 것은 그들뿐만이 아니었다.

많은 점수 차에 심드렁해져 있던 심판은 포수 미트에 공이 들어가고도 한참 후에 스트라이크를 외칠 만큼 정신 줄을 놓고 있었다.

최 감독을 비롯한 세광고의 벤치에서는 함성이 터졌고 반대편인 경남고 벤치에서는 놀란 눈을 부릅떴다.

지금까지 한 번도 등판하지 않았던 강찬의 투구는 그들 모두를 경악시킬 만큼 대단한 위력을 보여주고 있었다.

8회에 강찬이 마운드에 올라와 세 타자를 상대하면서 던진 공은 12개에 불과했고 결과는 삼진 두 개에 유격수 플라이가 하나였다.

더 던지고 싶었으나 이닝을 끝내고 벤치 쪽으로 왔을 때 최 감독은 강찬의 손에 든 공을 거칠게 뺏었다. 그는 무언가에 잔뜩 화난 얼굴을 하고 있었으나 눈에 들어 있는 기쁨을 숨기지는 못했다.

그날 세광고는 경남고를 11 : 4로 이기고 2회전에 올라갔다.

다른 대회로 봤을 때는 16강에 진출한 것과 다름없는 성적이었다.

승리하고 돌아오는 길은 언제나 기쁘다.

그랬기 때문에 버스를 타고 돌아오는 세광고 야구부의 분위기는 더할 나위 없이 좋았다.

숙소에 도착한 후 얼마 지나지 않았을 때 강찬에게 최 감독의 호출이 왔다.

분명 오늘 던진 공에 대해서 물어볼 것이란 예상이 들었다.

강찬이 최 감독의 방에 들어섰을 때는 팀의 주축인 김종훈과 손혁, 그리고 윤형만이 자리를 함께하고 있었다.

그들은 모두 들떠 있었는데 즐거운 이야기를 나눈 듯 아직 웃음을 걷어내지 못한 얼굴들을 하고 있었다.

강찬이 눈치를 보다가 슬며시 김종훈의 옆자리에 앉자 바라보고만 있던 최 감독이 눈을 부릅떴다.

"이강찬!"

"예, 감독님."

"나까지 속인 이유가 뭐냐?"

"속이지 않았습니다. 구위가 좋아진 건 최근의 일이었습니다. 감독님께 말하려 했지만 기회가 없었습니다."

강찬이 순진한 얼굴로 빤히 쳐다보자 최 감독의 얼굴이 슬쩍 붉어졌다.

자신이 한 짓이 생각났기 때문이었다.

다가올 때마다 열불이 터져서 일부러 자리를 피하곤 했는데 아마도 강찬은 그때 구위가 좋아졌다는 사실을 말하려 했던 모양이었다.

"최고 구속은 얼마냐?"

"143 나왔습니다."

"언제 쟀지?"

"3일 전 저녁 때 쟀습니다."

강찬의 대답에 최 감독은 잠시 눈을 감았다가 떴다.

3일 전이라면 3학년들과 함께 돼지갈비를 먹고 있을 때였다.

마지막 대회에 참여하면서 주력인 3학년들이 한마음 한뜻으로 최선을 다해주길 바라는 마음에 그는 사재를 털어서 저녁을 샀다.

그때 강찬은 혼자 외로이 마운드에서 공을 뿌려대고 있었다는 얘기다.

미안한 마음이 들었으나 내색하지 않고 계속해서 물었다.

"변화구는?"

"어느 정도는 익혔습니다. 패스트볼과 함께 쓴다면 충분히 통할 것 같습니다."

갈수록 태산이라더니 강찬의 대답이 그랬다.

오늘 공식적으로 나온 최고 구속은 145㎞/h였으니 혼자 3일 전에 잿다는 기록보다 더 빠른 구속이었다.

김종훈을 통해 들은 강찬의 패스트볼은 단순하게 공만 빠른 게 아니었다.

빠르면서도 무거운 공.

공이 무겁다는 뜻은 회전이 많다는 걸 의미한다.

공 끝이 무거우면 잘 맞은 공도 멀리 뻗지 못하고 외야 플라이가 되는 경우가 많았고 대부분 내야를 벗어나지 못한다.

타자들이 가장 치기 어려워하는 공이 바로 무거운 공이었는데 그런 공을 던지기 위해서는 손가락이 길어야 했다.

손가락이 길다는 것은 회전이 많고 초속과 종속의 차이를 최대한 줄일 수 있다는 뜻이었다.

그랬기에 최 감독은 그동안 무심히 지나갔던 강찬의 손을 봤다. 역시 강찬의 손가락은 예상대로 다른 사람의 것보다 훨씬 길었다.

저런 손가락이라면 김종훈이 말한 내용이 이해가 갔다. 김종훈은 미트가 터져 나갈 것처럼 손이 아팠다고 말했다.

145㎞/h에 달하는 패스트볼은 현재 초고교 급이라 불리는 경복고의 김태한과 황금사자기 우승의 주역 선린정보고의 강석곤, 청룡기를 가져간 광주고의 조경래 정도뿐이었다.

하지만 그 선수들도 김종훈의 증언처럼 볼 끝이 비상하지는 못한다.

물리학상으로 던져진 공이 비상한다는 것은 있을 수 없는 일이다.

그럼에도 비상한다는 말을 쓰는 것은 일반적인 투구보다 빠른 스피드와 회전으로 인해 공 끝이 살아 들어온다는 걸 의미한다.

공 끝이 홈 플레이트에서 뜨는 공을 포심이라고 하는데 그런 공을 던지기 위해서는 강찬처럼 손가락이 남들보다 훨씬 길어야 가능했다.

다시 말해 강찬은 타고난 어깨뿐만 아니라 빠르고 무거운 공을 던지기에 최적인 신체를 가졌다는 뜻이 된다.

직접 가까이서 체크를 해봐야 되겠지만 오늘처럼만 던진다면 패스트볼만 가지고도 상대를 충분히 농락할 수 있을 것이다.

그런데 강찬은 변화구까지 장착되었다고 말했다.

길고 긴 한숨이 저절로 흘러나왔다.

사람은 기쁜 일이 생겨도 이렇게 한숨이 나오는 경우가 있다.

최 감독은 강찬을 데리고 숙소에서 가장 가까운 초등학교 운동장으로 나갔다.

공을 받아줄 김종훈이 따라온 것은 당연한 일인데 쉬라는 최 감독의 지시를 피곤하지 않다는 핑계로 무마하며 손혁과 윤형만이 따라온 것은 의외의 일이었다.

하지만 그들도 최 감독도 강찬의 공은 초미의 관심사였다.

이번 대회에서 최소 4강에 들지 못하면 그들 셋을 제외한 나머지는 대학 진학에 대한 꿈을 버려야 할 판이었다.

3년 동안이나 동고동락했던 친구들이 눈물 흘리는 걸 보고 싶지 않았다.

비록 자신들의 진로는 거의 결정되어 있었으나 가슴 졸이는 친구들을 볼 때마다 마음이 무거워지는 것을 피할 수 없었다.

그랬기에 시합 때마다 죽도록 뛰었지만 결과는 좋지 않았다.

그 이유는 손혁을 받쳐 줄 투수가 없었기 때문이었다.

첫 라운드를 통과해서 16강에 올라가도 시합은 언제나 불안할 수밖에 없었다.

투수층이 얇은 팀은 위기에 처했을 때 제대로 된 힘을 발휘하지 못한다.

세광고가 8강에서 더 이상 올라가지 못한 이유는 2학년인 어윤천이나 민윤기가 백업을 해주지 못해서였다.

청룡기에서 8강까지 오른 것은 1회전을 치르고 이틀밖에 쉬지 못한 손혁을 무리하게 출전시켜 그들이 막아주지 못한 이닝들을 소화했기 때문에 가능한 일이었다.

연속으로 공을 던진 손혁은 4강에 출전하지 못했고 세광고는 상대 타자들에게 처참히 얻어터진 후 아쉽게 짐을 싸야 했다.

손혁 정도의 투수가 한 명만 더 있었다면 아마 세광고는 계속해서 4강 이상의 성적을 올렸을 것이다.

그랬기에 최 감독뿐만 아니라 3학년 주력 선수들의 관심은 특별할 수밖에 없었다.

김종훈이 가져온 마스크와 미트를 끼자 강찬은 공이 든 바구니를 들고 마운드로 올라갔다.

정확하게 18.44m를 재야 했지만 걸음으로 대충 거리를 잰 후 강찬은 허리를 숙여 선을 그었다.

원래는 투수판이 있어야 했고 마운드도 타석보다 높아야 했으나 강찬은 그런 것에 신경 쓰지 않고 선을 그은 후 공을 던지기 시작했다.

제4장

선발 출전

시합을 앞두고 많은 공을 던지게 할 수 없었던지 최 감독은 강찬이 연습 투구로 가볍게 몸을 풀게 만든 후 5개의 직구와 5개의 슬라이더, 5개의 커브를 던지게 했다.

팡팡… 팡!

오늘 시합에서 봤던 패스트볼이 김종훈의 미트에 무섭게 박히는 걸 직접 확인한 최 감독의 눈은 기쁨으로 은은하게 떨렸다.

그는 안전 장구도 입지 않은 채 심판 자리에서 강찬의 공을 눈 부릅뜨고 지켜봤다.

직구를 모두 던지고 공을 새로 꺼내 든 강찬이 최 감독을 보며 지시를 기다렸다.

오늘 이 자리에 온 이유는 변화구를 보기 위함이었으니 던지라는 감독의 지시가 필요했기 때문이다.

고개를 끄덕이는 신호가 오자 와인드업을 마친 강찬의 손에서 공이 미끌어지며 빠져나와 포수의 미트로 향했다.

분명 방금 전 던졌던 패스트볼과 똑같았는데 홈 플레이트에서 뚝 떨어지며 바깥으로 빠져나갔다.

스트라이크존으로 들어오다가 급격하게 각도가 꺾이는 구질은 분명 슬라이더였다.

공을 본 최 감독의 입에서 비명과 같은 신음이 흘러나왔다.

정말 선구안이 훌륭한 타자가 아니라면 배트가 따라 나갈 수밖에 없는 최고의 슬라이더였다.

하지만 5개의 공을 모두 던지자 약점이 드러났다.

강찬의 슬라이더는 제구가 되지 않아 스트라이크존을 통과한 건 1개에 불과했다.

그럼에도 이 정도면 강력한 보조 무기로 손색이 없다.

그러나 진정으로 최 감독을 놀라게 만든 건 커브였다.

속도로 따진다면 가장 빠른 구질은 당연히 패스트볼이었고 그다음이 슬라이더, 가장 느린 것이 커브볼이다.

커브볼은 1860년대부터 주목을 받고 널리 사용된 대표적인 브레이킹볼(Breaking ball)로서 넓게는 어떤 방향으로든지 휘는 성질을 가진 구질을 통칭하는 것인데 패스트볼에 비해 공의 속도는 시속 15~30㎞ 정도 느리나 톱스핀의 회전력을 중력과 같은 방향으로 유도하여 타자의 예상을 뛰어넘는 큰 낙차를 만든다.

커브볼은 기본적으로 지면을 향해 휘어지며 어느 정도 횡 방향으로 움직임을 갖기도 하지만 얼마나 좌우로 많이 휘느냐 보다는 타자의 예측을 벗어나 얼마나 날카롭게 아래로 떨어지는가가 중요했다.

최 감독은 강찬의 커브볼을 직접 눈으로 확인하고도 믿을 수가 없었다.

커브볼의 기본인 상하 낙차뿐만 아니라 좌우 횡 방향 변화까지 보이고 있으니 불과 육 개월 만에 익힌 커브볼치고는 훌륭한 것이었다.

물론 아쉬운 부분도 있었다.

속도 조절이 어설펐고 휘는 각도가 완만했다.

그럼에도 최 감독이 입을 벌린 채 다물지 못한 것은 강찬이 지금 던진 커브가 얼마나 강력한 무기가 될지 너무나 잘 알기 때문이었다.

145㎞/h에 육박하는 패스트볼과 지금의 커브볼이 합쳐지면 국내에서 강찬의 공을 칠 수 있는 타자는 손으로 꼽을 정도에 불과할 것이다.

* * *

세광고의 16강 상대는 서울의 강호 휘문고로 결정되었다.

휘문고는 청룡기에서 8강에 오를 만큼 탄탄한 전력을 지닌 팀이었는데 이전 대회에서는 우승 팀인 광주고를 만나 탈락했지만 초고교 급 투수라는 조경래를 상대로 3점이나 뽑을 만큼 수준급의 타격을 지녔다.

계획대로라면 16강의 선발은 어윤천이었다.

어윤천은 뛰어난 투수는 아니었지만 직구와 변화구 구사가 능숙했다.

하지만 이전 대회에서도 확인한 것처럼 그는 선발보다는 2회 정도 전력투구하는 릴리프맨에 가까웠다.

최 감독은 강찬의 투구를 확인하고도 숙고에 숙고를 거듭했다.

강찬의 구질이 훌륭한 건 사실이지만 투수로서는 생초보에 불과했기 때문에 마음이 놓이지 않았다.

당장 강찬을 선발로 내세우기 위해서는 포수와의 사인부터 가르쳐야 했다.

하긴 사인이 문제가 아니었다.

사인은 둘째 치고 가장 걱정되는 것은 수비 부분이었다.

투수를 보고 제5의 내야수라고 말한다.

야수들이 잡기 어려운 내야 땅볼을 처리해서 안타를 막아줘야 하고 주자가 나간 중요한 순간에는 병살타로 만들어 위기를 극복해야 한다.

일견 쉬워 보이지만 반복된 훈련이 없다면 절대 쉬운 것들이 아니었다.

투수가 해줘야 할 또 다른 주요 수비는 야수가 빈 베이스를 지켜주는 커버 플레이다.

커버 플레이는 1루수가 공을 잡았을 때가 대표적이나 외야수가 홈 송구를 할 때와 땅볼 피칭으로 포수가 공을 빠뜨릴 때 등 여러 가지 경우가 있다.

주자가 나갔을 때의 견제도 빠질 수 없는 투수 수비의 기본 내용이지만 강찬은 이런 것들에 대해서는 훈련한 바가 전혀 없기 때문에 걱정이 될 수밖에 없었다.

오랜 시간을 고민하던 최 감독이 결정을 내리고 김종훈을 부른 것은 시합 전날이었다.

선발로 강찬을 결정했으니 사인을 가르쳐 주라는 지시를 내렸고 볼 배합에 대해서도 기본적인 지침을 내려주었다.

워낙 패스트볼이 좋으니 가급적 속구로 승부하라는 주문이었다.

최 감독은 그것으로 그치지 않고 부원들을 이끈 채 춘천고로 향했다.

춘천고 야구부는 해체되었으나 그곳의 체육 교사가 최 감독의 선배였기 때문에 2시간 동안 운동장을 빌릴 수 있었다.

그 2시간 동안 최 감독은 직접 운동장에서 강찬에게 수비에 대한 훈련을 시켰다.

피칭 후 공이 굴러 왔을 때의 자세와 1루 송구에 대해 집중적으로 가르쳤고 타격한 공이 1루수 쪽으로 갔을 때의 커버 플레이에 대해서도 직접 시범을 보이며 열성적으로 훈련시켰다.

쉽게 되는 것이 아니라는 걸 잘 알지만 최인혁 감독은 최선을 다했다.

자신의 운명을 걸고 모험을 하는 이 순간이 너무나 긴장되었으나 마지막까지 최선을 다하고 싶었다.

운명의 순간이 다가왔다.

처음으로 선발 출장하는 강찬은 가슴을 뚫고 뛰쳐나올 것 같은 심장의 빠른 박동 소리를 느끼며 마운드로 향했다.

마운드까지의 거리는 가까웠으나 마음만은 한없이 멀게 느껴졌다.

마운드에 서자 그때서야 천천히 가슴이 진정되기 시작했다.

여전히 관중석에는 이십여 명만 앉아서 시합이 시작되기를 기다리고 있었다.

호흡을 가다듬고 천천히 눈을 감았다가 떴다.

그런 후 김종훈을 바라보며 공을 던졌다.

김종훈은 어제 1시간 동안이나 그를 붙잡고 사인을 가르쳐줬는데 던지는 공의 구질과 방향에 관한 것이었다.

손가락 하나는 직구, 두 개는 슬라이더, 세 개는 커브였고 방향은 엄지와 약지로 표시를 하는 단순한 사인이었다.

사인에 따른 투구 연습을 별도로 하지 않았지만 금방 습득할 수 있을 정도로 단순해서 적용하기에는 무리가 없어 보였다.

강찬은 김종훈이 사인으로 요구하는 공들을 순서대로 던지며 몸을 풀었다.

상대방이 보고 있었기 때문에 전력으로 던지지는 않았지만 그렇다고 아주 맥없이 던진 건 아니었다.

심판이 집행부가 있는 곳에서 뭔가 이야기를 주고받는 것이 보이더니 천천히 홈 플레이트 쪽으로 다가왔다.

심판이 다가오자 다시 가슴이 뛰었다.

심판은 포수 뒤쪽으로 다가와 손을 번쩍 든 후 큰 소리를 외쳤다.

"플레이볼!"

이제 시작이다.

행운일 수도 있지만 나는 당연한 일이라 여겼다.

괴로움과 슬픔을 참아내고 혼자만의 고독한 시간을 이겨내며 훈련을 거듭했으니 마운드에 이렇게 당당히 서게 된 것은 그러한 노력에 대한 보상이라 생각했다.

갑작스럽게 정해진 선발 출전이었기 때문에 상대에 대한 분석은 거의 하지 못한 상태였다.

휘문고의 1번 타자는 날렵하고 단단한 몸매를 가졌는데 외형만 봐도 그가 준족이란 걸 알 수 있었다.

이런 선수들은 살아 나가면 언제든 도루를 시도하기 때문에 어떻게든 잡아내야 한다.

김종혼의 초구 사인은 패스트볼이었다.

예상했던 일이고 당연한 지시였다.

어깨를 흔들어 힘을 뺀 후 와인드업 자세를 취했다.

충분히 몸을 풀었기 때문에 근육은 이완되어 있었고 대신 공을 잡은 손의 악력은 팽팽하게 당겨졌다.

호흡을 가다듬고 중앙으로 내밀어진 미트를 향해 공을 뿌렸다.

제구를 하겠다는 생각은 하지 않았다.

오직 최대의 스피드로 가운데를 향해 던질 뿐이었다.

하지만 공은 중앙으로 향하지 않고 타자 몸 쪽으로 높이 떠서 빠르게 들어갔다.

놀란 타자가 휘청하며 피했다가 강찬을 향해 눈을 부라렸다.

다행히 달려 나오지는 않았지만 무척이나 놀란 모양이었다.

욕심 때문에 자신도 모르게 힘이 들어간 것 같았다.

김종훈이 양손을 천천히 내리며 힘을 빼라는 신호를 보내왔다.

글러브에서 공을 꺼내지 않은 채 오른손을 들고 털었다.

사인을 보자 바깥쪽 슬라이더를 요구하고 있었다.

긴장했던 강찬의 입술에서 슬쩍 미소가 떠올랐다.

초구가 워낙 빠르게 들어갔기 때문에 김종훈의 요구처럼 바깥쪽 슬라이더가 제대로 구사되면 손도 못 댈 것이다.

타자가 빈 스윙을 하고 자세를 잡았을 때 포수의 사인에 고개를 끄덕인 강찬이 공을 던졌다.

이번에도 볼이다.

하지만 이번에는 타자가 스윙을 했기 때문에 스크라이크가 되었다.

몸 쪽으로 가다가 미끄러지듯 빠져나가는 슬라이더에 타자가 몸을 움찔하며 본능적으로 배트를 휘둘렀던 것이다.

어이없는 타격에 황당한 표정을 짓는 타자의 모습이 눈에 들어왔다.

하지만 그의 황당함은 속구에 이어 느린 변화구에 꼼짝 못하고 삼진을 당하는 순간 극에 달했다.

그의 얼굴에는 이런 공은 처음 본다는 표정이 들어 있었다.

2번 타자는 유격수 앞 땅볼이었고, 3번 타자는 또다시 패스트볼로 삼진을 잡아냈다.

선발로 출전한 첫 이닝을 가볍게 삼자범퇴로 마무리 짓고 더그아웃으로 들어오자 최 감독이 엄지손가락을 치켜들었고 김종훈과 손혁이 어깨를 두들겨 주며 수고했다는 말을 해줬다.

세광고의 타순은 장타자와 교타자가 골고루 섞인 짜임새가 돋보이는 팀이었다.

1회는 그냥 보냈으나 2회부터 세광고의 공격이 불을 뿜었다.

2회에 장단 3안타와 에러를 더해서 3점을 뽑았고 4회와 5회에도 각각 1점씩 뽑아 5회가 끝났을 때는 5 : 0이 되었다.

강찬은 3회에 두 번째 타자로 들어선 휘문고의 8번 타자에게 첫 안타를 허용했다.

클린업트리오를 범타로 막은 것에 고무되어 변화구를 던지다가 제대로 받아친 타격에 의해 2루타를 허용했다.

하지만 점수를 주지는 않았다.

후속 타자들을 삼진과 2루수 땅볼로 처리했기 때문이었다.

역시 김종훈은 고교 최고의 슬러거 중의 한 명이었다.

7회 말 그는 주자가 1루에 있는 2아웃 상태에서 투수가 던진 직구를 그대로 받아쳐 우중월 홈런을 만들어냈다.

그야말로 휘문고의 추격 의지를 완전히 꺾어버리는 한 방이었다.

최 감독은 김종훈의 홈런에 누구보다 기뻐했다.

감독으로서 고민을 거듭할 때 그 고민을 단숨에 해결해 주는 홈런은 그 무엇과도 바꿀 수 없을 만큼 기쁜 것이었다.

8강전을 생각하면 강찬의 투구 수를 조절해 주어야 했다.

선발로 출전시키면서 이 정도로 완벽하게 휘문고의 타선을 막을 것이라고 생각하지 않았는데 강찬은 거의 휘문고의 타자들을 농락하고 있었다.

그러나 강찬의 투구 수가 벌써 110구를 넘겼고 서서히 직구의 구속도 떨어지는 중이었다.

7회에는 포볼과 안타까지 맞아서 실점 위기까지 몰리기도 했다.

그랬기에 김종훈의 홈런은 가뭄 속의 단비처럼 달콤한 것이었다.

7 : 0이라면 어윤천을 내보내도 안심이 될 만한 점수였기 때

문이었다.

8회 초 수비에서 최 감독은 강찬을 강판시키고 계속 몸을 풀고 있던 어윤천을 내보냈다.

고교야구는 분위기에 편승하는 경향이 매우 크다.

한번 승세를 타면 거칠 것 없이 질주하기 때문에 승기를 가져오면 지는 경우가 거의 없다.

어윤천의 투구도 그런 분위기에 편승한 것이 분명했다.

평상시와 다르게 어윤천은 직구와 변화구를 능숙하게 던지며 휘문고의 타자들을 하나씩 잡아냈다.

물론 9회에 2안타를 맞고 1점을 내줬으나 그는 마지막 타자를 3루 땅볼로 잡아내고 경기를 끝냈다.

8강 진출.

최 감독의 얼굴이 오랜만에 활짝 피었다.

그는 부원들의 축하 인사를 받으며 밝은 웃음을 지었는데 제일 먼저 강찬에게 다가가 손을 잡아주었다.

청룡기도 8강에 진출했었으나 그때와 지금의 상황은 완벽하게 달랐다.

그때는 손혁을 비롯해서 모든 투수진을 투입했었기 때문에 4강전에서 박살이 나도록 얻어맞으며 탈락했지만 오늘은 단 두 명의 투수만 투입했으니 달라도 너무 다른 상황이었다.

이제 8강전은 누가 올라와도 해볼 만했다.

주전 투수인 손혁이 4일을 쉬었고 좋은 구질을 갖고 있는 2

학년 민윤기와 1학년인 허재윤, 유재규가 고스란히 남았기 때문에 투수력은 충분했다.

더군다나 타자들의 타격감이 절정에 달해 있어 투수들만 어느 정도 버텨준다면 4강에 오르는 것은 그리 어렵지 않게 느껴졌다.

* * *

세광고의 8강전 상대는 성남고였다.

다행 중의 다행이다.

8강에 올라온 면면을 본다면 황금사자기 우승 팀인 선린정보고와 청룡기 우승 팀인 광주고가 있었고 작년 2관왕에 빛나는 경복고와 전년도 대통령 배 우승 팀 장충고 등 막강한 전력을 보유한 팀들이 있었는데 그중 우승 경력이 없는 성남고를 만난 것은 행운이라고 볼 수 있었다.

물론 성남고 입장에서 본다면 반대였을 것이다.

그래도 성남고는 작년부터 꾸준히 8강에 오른 팀이었기에 전력 면에서 본다면 오히려 자신들이 앞선다고 분석했으니 말이다.

누가 이길지는 모르나 두 팀 다 타격이 뛰어났기 때문에 난타전이 예상되었다.

손혁이 첫 게임처럼 던져 준다면 쉽게 갈 수 있을 테지만 성남고는 경남고와 비교조차 할 수 없을 만큼 타격이 좋은 팀이었다.

결전의 날이 밝아왔다.

부원들의 얼굴에는 긴장감이 감돌았고 큰 소리도 용기를 북돋아주는 최 감독 역시 긴장으로 인해 수시로 얼굴이 굳어졌다.

예상대로 손혁 정도의 구위로는 성남고 타선을 완벽하게 막지 못했다.

치고받는 난타전.

세광고 투수들도 버티지 못했지만 성남고 투수들도 세광고 타자들의 공격력에 휘청거렸다.

3 : 3. 5 : 4. 5 : 6. 7 : 8.

8회까지 엎치락뒤치락하는 시소게임이 지속되면서 손에 땀을 쥐게 만드는 상황이 펼쳐졌다.

잘 버티던 손혁은 3회부터 얻어맞기 시작했는데 5점을 내주며 6회에 강판되었고 8회 말인 지금은 민윤기에 이어 유재규까지 나온 상황이었다.

점수는 1점 차로 이기고 있었으나 유재규의 연속 볼넷으로 역전 주자까지 나갔다.

1학년인 유재규는 터질 듯한 긴장감을 이겨내지 못한 채 제구력이 흔들리고 있었는데 얼굴에서 금방이라도 눈물이 떨어질 것만 같았다.

이제 남아 있는 투수는 강찬과 16강전에서 구원으로 나왔던 어윤천뿐이었다.

4강전을 생각한다면 유재규가 버텨주는 게 최상이었으나 지금의 상태로 봤을 때 그런 기대는 버리는 게 좋았다.

어쩔 수 없이 최 감독의 입에서 강찬을 호출하는 목소리가 흘러나왔다.

이럴 줄 알았으면 미리 몸이라도 풀게 만들도록 했어야 되었지만 지금은 그런 후회할 여유조차 없었다.

급한 목소리로 강찬에게 몸을 풀라는 지시를 내린 최 감독이 타임을 걸고 마운드로 올라갔다.

포수 마스크를 벗은 김종훈이 다가왔고 유격수를 보고 있는 윤형만이 조금 늦게 마운드로 달려왔다.

투수인 유재규까지 네 명이 모인 마운드는 뭔가를 깊이 숙의하는 것처럼 보였으나 실제로는 강찬이 몸을 풀 수 있는 시간을 벌고 있는 중이었다.

시간이 꽤 지났음에도 최 감독이 마운드에서 내려가지 않자 심판이 다가와 소리를 쳤다.

"투수 교체할 거요, 말 거요?"

"잠시만 더 상의하면 안 됩니까?"

"최 감독, 저 친구 대충 다 몸 푼 것 같으니까 이제 올려 보냅시다. 올라오면 연습구도 있잖아요."

노련한 심판은 최 감독의 의중을 미리 파악하고 있었던 모양이었다.

벌써부터 시간을 끈다는 걸 알면서도 모른 체해준 건 아마 최 감독과의 오래된 친분 때문일 것이다.

심판의 말을 들은 최 감독이 계면쩍은 웃음을 지은 후 유재규한테서 공을 건네받았다.

하긴 심판의 말대로 최대한 시간을 끌었기 때문에 열 받은 성남고 감독이 어필을 하기 위해 더그아웃에서 걸어 나오는 중이었다.

최 감독의 신호를 받은 강찬은 천천히 마운드로 올라갔다.

짧은 시간에 급하게 10개의 공을 던지며 팔을 풀었지만 아직 어깨에 열이 생기지는 않았다.

그랬기에 마운드로 가면서도 팔을 빙빙 돌리며 최대한 몸을 풀기 위해 노력했다.

공을 건네주는 최 감독의 눈빛이 간절했다.

그는 이 위기를 강찬이 이겨내 주기를 눈으로 간절히 말하고 있었다.

"강찬, 부탁한다."

긴말을 하지 않았음에도 그의 진심이 느껴져 강찬은 묵묵히 고개만 끄덕거렸다.

최 감독이 내려가고 4개의 연습구를 던졌다.

처음보다 두 번째가 빠르고 갈수록 구속이 빨라졌다.

다행스럽게 연습 투구가 끝났을 때 겨드랑이에서 땀이 조금씩 배어 나왔다.

충분하지는 않지만 8월의 뜨거운 날씨는 급하게 출전한 강찬의 몸을 풀어주고 있었다.

8강전이다 보니 예선보다 훨씬 많은 관중이 자리를 차지하고 있었다.

관중의 대부분은 아직도 선수들의 가족들과 학교 측 관계자들이었기 때문에 승부에 결정적인 순간이 다가오자 연신 괴성이 터져 나왔다.

적지만 광기에 젖은 응원이었다.

특히 성남고의 응원단은 역전의 기회가 생기자 연신 괴성을 지르고 있었다.

8회 말 2아웃 1, 2루에 주자가 있는 상황.

여기서 큰 거 한 방이면 역전까지 가게 된다.

더군다나 지금 타석에 들어서고 있는 선수는 성남고의 4번 타자인 변상준이었다.

그는 펀치력도 좋았지만 좋은 선구안을 가지고 있어 시즌 타율이 3할 2푼에 달했다.

김종훈의 초구 사인은 바깥 쪽 낮은 직구였다.

처음부터 장타를 경계하려는 의도가 명백하게 드러난 사인이었다.

천천히 고개를 끄덕인 강찬이 자신 있게 공을 뿌렸다.

공을 던지면서 완벽한 릴리스 포인트를 잡은 이후로 누구도 겁이 나지 않았다.

강찬의 손을 떠난 공이 타자의 무릎에서 거의 1m가량 빠지며 정확히 미트 속으로 박혀들었다.

김종훈이 원했던 곳에 정확히 제구된 완벽한 패스트볼이었다.

"스트라이크!"

타자는 선 채로 꼼짝하지 못했고 잠시 멈칫했던 심판의 입에서 우렁찬 콜이 터졌다.

워낙 빠른 패스트볼이었기 때문인지 심판은 콜을 보내놓고 허리를 편 채 순식간에 잠잠해진 관중석을 바라보았다.

열광적으로 응원하던 성남고의 관중석은 강찬이 던진 공 하나에 쥐 죽은 듯이 조용해진 상태였다.

하지만 그들은 곧 정신을 차리고 다시 응원을 하기 시작했다.

한 개의 스트라이크가 들어왔을 뿐이니 응원을 멈출 이유가 없다고 생각한 모양이었다.

두 번째로 김종훈이 요구한 공은 슬라이더였다.

몸 쪽으로 파고들다 바깥쪽으로 떨어지는 구질을 요구하고 있었다.

강찬은 고개를 끄덕인 후 와인드업을 했다.

김종훈이 요구한 공은 사실 지금의 수준으로는 제구가 50%밖에 되지 않았으나 그는 한 치의 망설임도 없이 공을 던졌다.

정확하게 던질 수 있느냐는 의문은 마운드에 올라온 이상 가져서는 안 되는 일이었다.

공이 손을 떠나는 순간 잘못 던졌다는 생각이 들었다.

손가락을 채는 속도가 평소보다 조금 빠르다는 느낌이 들었던 것이다.

예상처럼 공은 타자 쪽으로 바짝 붙어서 빠르게 날아가다가 급격히 휘며 좌측으로 뚝 떨어졌다.

놀란 김종훈이 몸을 날려 막지 않았다면 공이 뒤로 빠져서 주자들을 한 베이스씩 진루시킬 정도의 폭투였다.

다행스럽게 공은 김종훈의 브로킹에 막혀 홈 플레이트 앞에 멈춰 섰고 심판의 손도 따라서 올라갔다.

몸 쪽으로 빠르게 붙은 공에 놀란 변상준이 스윙을 한 모양이었다.

나름대로 배트를 멈추려고 노력했지만 1루심이 배트가 돌아갔다는 신호를 보내왔기 때문에 심판의 손이 올라갔다.

행운이라면 행운이었다.

세 번째 공은 몸 쪽 낮게 깔린 빠른 직구로 유인구를 던졌지만 워낙 낮았기 때문인지 변상준의 배트는 움직이지 않았다.

타율이 말해주듯 좋은 선구안을 가진 타자임은 분명했다.

공을 받아든 강찬이 잠시 호흡을 골랐다.

2스트라이크 1볼.

아직 여유가 있으니 한 개의 유인구를 더 던질 수 있는 상황이다.

하지만 방금 전처럼 눈에 보이는 공은 볼카운트만 나빠지게 만들 수도 있기 때문에 고민이 생겼다.

포수인 김종훈을 바라보자 그 역시 결정하지 못한 듯 잠시 망설이는 것이 보였다.

호흡을 고르고 글러브를 턱까지 끌어 올린 후 공을 만지작거리자 기다렸던 사인이 나왔다. 패스트볼이나 커브를 요구할 거란 예측을 하고 있었는데 김종훈은 커브를 요구하고 있었다.

하긴 세 개의 공이 모두 패스트볼이었으니 변상준의 눈은 빠른 공에 익숙해져 있을 것이다. 물론 그도 커브가 올 수도 있다는 판단을 내리고 있을지도 모른다.

그러나 사람의 몸은 아무리 이성적인 판단을 내리고 있다 해도 본능을 이겨내지 못하는 경우가 많다.

수많은 상황을 겪으며 본능을 막아내는 훈련을 거친 프로야구 선수들이라면 모를까 고교 선수가 이런 본능을 이겨낸다는 것은 매우 어려운 일이었다.

정확히 속도 차이를 재보지 않았지만 강찬의 커브는 128㎞/h정도이니 패스트볼과 17㎞/h의 속도 차가 있다.

더 훈련해서 능숙해진다면 그 속도 차를 마음먹은 대로 변화시킬 수 있겠지만 현재로써는 이 정도의 구속에서 커브가 던져진다.

그럼에도 최 감독은 결정구에서 슬라이더를 배제했다.

패스트볼로 볼카운트를 잡았을 경우는 커브로 승부를 봐야 한다는 게 그의 지론이었다.

더군다나 강찬의 패스트볼은 워낙 빠르기 때문에 커브는 생각보다 훨씬 강력한 무기가 된다는 게 그의 설명이었다.

커브를 요구하면서 여전히 김종훈은 낮은 아웃코스를 요구했다.

그 와중에도 장타를 맞아서는 안 된다는 강박관념이 그의 머릿속에 박혀 있던 모양이었다.

하지만 이번에도 김종훈의 사인처럼 공은 들어가지 않았다.

손가락이 조금 늦게 떨어지면서 공은 느린 궤적을 그리며 중앙으로 뚝 떨어졌다.

정확히 홈 플레이트 중앙을 통과하는 커브였다.

공은 잘못 던져졌으나 변상준의 배트는 꼼짝하지 않았다.

연이은 패스트볼에 익숙해진 그의 몸은 낙차 큰 커브가 날아오자 반응조차 하지 못하고 스탠딩 삼진을 당하고 말았던 것이다.

세광고 쪽에서는 벤치뿐만 아니라 관중석에서도 난리가 났고 반대로 성남고 측에서는 깊고 깊은 탄식이 새어 나왔다.

역전의 찬스를 불발로 끝내 버린 8회 말이 그들에게는 천추의 한으로 남을지 모른다는 불안감 때문이었다.

그리고 그 예측은 정확히 들어맞았다.

9회 초 공격에서 세광고의 타자들은 2점은 추가해서 성남고의 기를 완전히 눌러놓았고 강찬은 마지막 수비에서 세 명의 타자들을 범타와 삼진으로 처리해 버렸던 것이다.

강찬이 마지막 타자를 삼진으로 잡아내는 순간 세광고의 모든 선수가 그라운드로 뛰쳐나왔다.

그들은 강찬의 등을 두드리며 미친 듯 기뻐했고 서로를 끌어안으며 뒹굴었다.

온몸에 흙이 묻어 유니폼이 더러워졌으나 그들은 그런 것에 신경을 쓰지 않았다.

4강 진출.

3년 만에 이룬 4강 진출의 쾌거에 세광고의 선수들과 최 감독은 마음껏 웃으며 기쁨을 숨기지 못했다.

제5장 대통령 배 4강전

관중석에 앉아 8강전을 지켜본 황인호의 얼굴이 희한한 동물을 본 것처럼 호기심에 젖어갔다.

황인호는 이글스의 스카우터로 선수 보는 눈이 탁월했기 때문에 이 계통에서 유명한 사람이었다.

그가 오늘 춘천 의암야구장을 찾은 것은 고교 선수로서 탁월한 펀치력을 지닌 세광고의 김종훈과 다음 경기에 출전하는 광주고의 조경래와 경복고의 김태한을 지켜보기 위함이었다.

김종훈은 타자들 중에서 빅5에 속하는 대어였고 조경래와 김태한은 최고 구속 147㎞/h를 던지는 초고교 급 투수로 선린 정보고의 강석곤과 함께 최고 투수 자리를 놓고 치열한 경쟁을 벌이는 중이었다.

전면드래프트제가 도입된 이후 각 구단의 스카우터들은 유망주를 찾아내기 위해 불을 켰으며 대학 측에서도 좋은 선수들을 영입하기 위해 맨발로 뛰어다니는 중이었기 때문에 셋에 대한 관심은 폭발 일보 직전이었다.

물론 고교생이 1차 지명을 받는 경우는 거의 드물다.

각 구단은 1차 지명으로 즉시 전력에 도움이 되는 대졸 출신을 뽑는데 대학에서 명성을 날리던 루키들은 가끔가다 프로에 들어와서도 깜짝 놀랄 만한 성적을 거두는 경우가 왕왕 있었다.

그럼에도 고졸 출신을 선발하는 이유는 체계화된 프로그램을 통해 착실히 키워서 나중에 써먹기 위한 것이지 당장을 위한 것은 아니었다.

그들은 아무리 초고교 급이란 소리를 들으며 뛰어난 성적을 올렸어도 대졸 출신과는 다르게 프로야구에 들어서면 갓난아기 취급을 받는다.

프로야구의 수준은 그들이 넘볼 수 없을 정도로 거대해서 수많은 세월을 훈련에 매진하며 배우고 익혀야 겨우 1군에 올라설 수 있는 기회가 주어질 정도였다.

그럼에도 여기저기 스카우터들이 자리를 차지한 채 선수들을 열심히 관찰하는 것은 구단의 미래가 될 씨앗을 미리 챙겨놓기 위함이었다.

다시 말해 보험을 들어놓는 것과 비슷한 것이었다.

황인호는 동료들에 둘러싸여 함박웃음을 짓고 있는 강찬을 바라보며 고개를 갸우뚱거렸다.

그의 머릿속에는 고교뿐만 아니라 대학 선수들의 프로필이 모두 들어 있었다.

주전뿐만 아니라 웬만한 후보들도 다 정리되어 있었지만 강찬은 아무리 뒤져 봐도 그의 머릿속에 들어 있지 않았다.

선수 보는 눈이 뛰어나다는 것은 야구에 관한 것이라면 거의 모든 걸 알고 있다는 뜻이다. 특히 황인호는 투수에 관해서는 타의 추종을 불허할 정도로 전문적인 지식을 가지고 있는 사람이었다.

그의 얼굴을 찡그리게 만든 것은 강찬이 던진 패스트볼이 원인이었다.

같은 구속을 던져도 투수에 따라 공의 구질이 모두 다른데 현재 일본 프로야구에서 40세이브를 기록 중인 윤승호의 공은 타자들이 고개를 흔들 정도로 무거운 것으로 알려져 있었다.

무거운 공은 제대로 맞아도 멀리 나가지 못하기 때문에 안타가 될 확률이 적고 홈런을 거의 맞지 않는다는 특징을 가진다.

결국 같은 구속이라도 무거운 공을 던지는 투수는 가벼운 공을 던지는 투수보다 훨씬 위력적인 투구를 할 수 있다는 뜻이다.

그런데 강찬이 그런 공을 던지고 있었다.

황인호는 정확히 강찬의 공을 꿰뚫어 봤는데 완벽한 폼에서 뿜어져 나오는 패스트볼은 타자들이 배트조차 휘두르지 못할 정도로 위력적이었고 무거워서 실제보다 훨씬 빠르게 느껴질 정도였다.

물론 단점도 많이 보였다.

슬라이더와 커브의 속도가 일정했고 변화가 완만했으며 심지어 제구조차 되지 않았다.

세 가지 구질만 던지는 걸 보면 다른 변화구는 전혀 익히지도 않은 것 같았고 수비에 임하는 자세도 너무 엉성해서 에러가 나올 가능성이 매우 컸다.

하지만 그보고 신인 지명을 하라고 한다면 그는 아무런 고민조차 하지 않고 현재 초고교 급으로 명성을 날리는 3인방보다 강찬을 선택할 것 같았다.

그만큼 그의 패스트볼은 빠르고 위력적이었다.

수첩을 꺼낸 그는 볼펜으로 강찬의 이름과 백넘버를 적었다.

그런 후 그 옆쪽에 인상적이었던 패스볼의 특징과 단점들도 적어 넣었다.

괜찮은 선수를 발견했을 때 늘 하는 행동인데 오랜 시간에 거쳐 그 선수에 대해서 알아낸 모든 것들을 수첩에 채워 넣는 것이 그의 습관이었다.

거기에서 단점이 사라지고 A라는 글자가 이름 옆 상단에 쓰여진다면 그는 이글스의 선수로 다시 태어나게 될 가능성이 커질 것이다.

그가 수첩을 덮었을 때는 그라운드를 휘젓고 다니던 세광고 선수들이 벤치로 물러났을 때였다.

젊음의 함성이 가득했던 그라운드는 적막에 젖었다.

하지만 그 적막은 얼마 지나지 않아 새로운 젊음으로 채워지기 시작했다.

다음 경기는 대통령 배의 관심을 한 몸에 받고 있는 경복고와 광주고의 대결이었다.

경복고는 작년 2관왕을 차지한 팀으로 강속구를 던지는 김태한을 보유했고 광주고는 금년도 청룡기 우승 팀이며 조경래라는 걸출한 투수를 가지고 있었다.

한마디로 대통령 배 최대의 빅 이벤트였고 미리 보는 결승전이라 말할 수 있을 정도로 중요한 경기였다.

황인호가 수첩을 덮고도 일어서지 않은 것은 바로 그런 이유가 있었기 때문이었다.

십 분 정도 지나자 그라운드로 경복고와 광주고의 선수들이 들어와 몸을 풀기 시작했다.

많지 않은 관중들 사이를 뚫고 낯익은 얼굴이 다가온 것도 바로 그때였다.

"열심히 사는구나. 힘 안 들어?"

"힘들긴. 맨날 하는 짓인데. 넌 어떠냐?"

"죽을 맛이다. 프로야구 취재하기도 힘든 판에 우리 부장은 생뚱맞게 고교야구까지 취재해 오라고 갈군다. 그러니 내가 미치지 않는 게 신기할 정도야."

김혁이 과장된 표현을 하며 어깨를 으쓱거렸다.

그는 스포츠내일의 야구전문기자로서 황인호와는 같은 대학을 졸업한 둘도 없는 친구였다.

그랬기 때문인지 둘의 대화는 격이 전혀 없었다.

"이번 경기 보려고 시간 맞춰 온 거냐?"

"응. 이게 오늘 하이라이트잖아."

"쯧쯧……. 그렇게 게을러서 특종을 취재할 수 있겠어? 넌 그게 병이야."

"고등학교 애들 시합에 무슨 특종이 있어. 대충 시합 결과나 정리해서 가져가면 그만이지. 가만, 너 말하는 싸가지가 조금 이상하다."

"이상하긴 뭐가 이상해, 인마!"

"줘봐."

"뭘?"

"줘보라니까!"

황인호가 본능적으로 수첩 든 손을 오므리자 김혁이 번개같이 수첩을 빼어 들었다.

그런 후 오늘 날짜가 적힌 페이지를 펴 든 후 적혀 있는 내용을 읽었다.

"뭐냐, 얘는?"

"유망주."

"설마 이것 때문에 게으르니 어쩌니, 개떡 같은 소리 한 건 아니겠지?"

"맞아."

"장난하냐? 오늘은 비도 안 와서 대충만 때려도 먼지가 폴폴 날 거다."

"지랄… 농담 아냐 인마. 얘가 조경래나 김태한보다 뛰어나다면 어쩔래?"

"흐흥, 네가 드디어 나를 물로 보는구나. 내가 이래 봬도 야구전문기자 생활 16년째다. 그 말을 내가 믿을 것 같냐?"

"그래서 너보고 게으르다고 한 거다. 조금 일찍 왔더라면 두 눈으로 직접 봤을 것 아니냐."

"이놈 이거 정말인 모양이네."

"내일, 오늘 이긴 팀과 세광고가 붙는다. 걔는 분명 그 경기 선발로 나올 거다. 어때, 구미가 당기지?"

"네가 그 정도로 띄우니까 호기심이 들긴 한다."

"와보면 후회하지 않을 거야. 보고 내 말이 맞다면 술이나 사. 기삿거리로 충분할 테니까."

* * *

부원들을 데리고 곧장 춘천에 있는 갈비집으로 직행한 최 감독은 아직까지도 얼굴에서 웃음을 지우지 못하고 있었다.

학교 측에 4강에 오른 것을 알려주자 교장선생님은 펄쩍뛰며 좋아했는데 오늘 저녁은 자기가 살 테니까 선수들에게 고기를 실컷 먹이라고 큰소리를 쳤다.

그러면서 잊지 않은 말은 열심히 해서 결승전에 올라가 달라는 부탁이었다.

결승전에 올라만 간다면 학교 측에서는 전교생을 이끌고 응원을 오겠다며 거품을 물었다.

하여간 부담을 주는 데는 누구 못지않은 탁월한 능력을 지닌 사람이다.

전화기를 끊고 잠시 얼굴을 찡그렸던 최 감독의 얼굴이 자신을 빤히 바라보고 있는 3학년 주축 선수들과 강찬을 확인하고 언제 그랬냐는 듯 활짝 웃었다.

지금은 마음껏 먹고 마실 때지 고민하고 있을 때가 아니다.

조금 있으면 머리가 깨질 듯한 고민에 빠지겠지만 지금 이 순간만큼은 4강에 오른 선수들을 격려하고, 축하해 주고 싶었다.

숙소로 돌아온 최 감독은 노트를 꺼내놓고 투수들의 이름을 죽 적어 내려갔다.

예상했던 것처럼 경복고와 광주고의 대결은 치열한 투수전 끝에 광주고의 승리로 끝이 났다.

광주고가 승리한 원인은 딱 한 가지뿐이었다.

두 학교는 모두 탁월한 능력을 가진 투수들이 있었으나 타격에서 광주고가 경복고를 앞선 것이 승리를 가져간 주원인이었다.

광주고 타자들은 시즌 평균 타율 3할이 넘는 선수들이 넷이나 포진하고 있었는데 그중 김종훈과 함께 빅5에 들어가는 4번 타자 곽석환은 장타율 1위에 오른 거포였다.

오늘 승리도 그의 결승타로 인한 것이었으니 그는 타고난 승부사가 분명했다.

최 감독은 광주고가 올라왔다는 소식을 들은 후 쓰게 입맛을 다셨다.

내심 경복고가 올라오기를 바랐다.

타격이 뛰어난 광주고는 상대하기가 정말 까다로운 팀이기 때문이었다.

생각할수록 머리가 지끈거려 손으로 양쪽 관자놀이를 문질렀다.

기분 좋아 마신 술이 이제 자신을 괴롭히고 있었다.

오늘 승부에서 강찬을 투입한 것이 두고두고 후회되었다.

나머지 투수들만 가지고 승리했다면 4강전에 대한 희망을 가졌겠지만 강찬을 써먹은 이상 4강전 승부는 이제 어렵게 느껴졌다.

대회 일정상 8강전부터는 하루 간격으로 시합이 벌어지기 때문이다.

아무리 싱싱한 어깨를 가졌다 해도 하루 만에 다시 마운드에 서게 되면 구력은 떨어질 수밖에 없다.

사람 마음이 간사하다고 하더니 자신이 꼭 그 짝이었다.

아까 강찬을 마운드에 올리면서 간절히 원했던 승리는 시합이 끝나고 나자 어느새 후회로 변해 있었다.

그럼에도 먼저 포기한다는 것은 말도 안 되는 짓이다.

3년 만에 오른 4강이었다.

강찬을 비롯해서 모든 투수를 투입하는 일이 있더라도 마지막까지 최선을 다해볼 생각이었다.

* * *

4강전이라 그런지 관중석은 어제보다 훨씬 많은 관중들이 들어차 있었다.

그중에는 프로야구 구단의 스카우터들과 대학 감독들도 보였는데 오늘은 특별히 메이저리그 텍사스레인저스의 스카우터 잭 윌슨이 선린정보고의 강석곤을 보기 위해 왔기 때문에 국내의 스포츠기자들도 대거 몰려들었다.

잭 윌슨은 강석곤뿐만 아니라 유망한 투수들에 대해서도 관심을 보이고 있어 과연 누가 그의 눈에 들 것인지 초미의 관심사였다.

먼저 벌어진 4강전은 예상대로 선린정보고가 월등한 전력을 보이며 결승에 선착했다.

타력은 비슷했으나 선린정보고에는 강석곤이 있었다.

강석곤은 148㎞/h에 달하는 패스트볼과 낙차 큰 커브, 슬라이더와 심지어 완벽한 체인지업까지 선보이며 장충고를 농락했는데 7회까지 단 3안타만 내주며 마운드를 내려왔다.

오늘 그가 던진 공은 불과 75개였다. 내일 있을 결승전에 대비해서 미리 내려왔을 뿐 그대로 던졌다면 완봉승이 예상될 만큼 완벽한 투구 내용이었다.

그랬기에 스카우터들과 기자들은 이번 대통령 배의 결승은 선린정보고와 광주고의 대결로 예상하는 것이 전반적인 분위기였다.

양 팀은 각각 금년에 있었던 황금사자기와 청룡기에서 우승한 전력이 있었기 때문에 이번 대통령 배의 승리자가 진정한 고교 최강자 자리를 차지하게 된다.

야구에 모두 귀신이라고 불리는 사람들이었지만 섣불리 두 팀에 대한 승부 결과는 예측하지 못했다.

워낙 양 팀의 전력이 팽팽해서 당일의 컨디션에 따라 경기 내용이 백팔십도 달라질 수 있기 때문이다.

"네가 말한 놈이 저놈이냐?"

"응."

"공은 빨라 보이는구만."

"공 끝도 봐."

"뭐냐, 저건?"

"이제 고등학생이 저런 공을 던진다. 기가 막혀 말도 안 나와."

"으… 포심이군. 더군다나 라이징 패스트볼이야."

황인호의 손가락을 따라 포수 쪽을 세심하게 바라보던 김혁의 입에서 묵직한 신음 소리가 새어 나왔다.

강찬이 던진 공이 홈 플레이트에서 솟아오르고 있었기 때문이었다.

공이 마지막 순간에 비상한다는 것은 압도적인 스피드와 힘이 겸비되어야 가능한 것이었다.

아무리 공이 빨라도 패스트볼은 힘이 따라주지 않으면 공은 낮게 쳐지며 포수 미트로 들어온다.

김혁이 놀란 것은 바로 그런 이유 때문이었다.

공의 구질이 근본적으로 다른 투수들과 다르다.

방금 전 압도적인 위력으로 장충고를 셧아웃시킨 강석곤도 지금 강찬이 던지는 패스트볼과 비교한다면 변화가 전혀 없는 속구를 던졌다.

베테랑 기자인 그가 저 정도의 무거운 속구를 본 것은 현재 일본에서 40세이브를 기록하고 있는 최고의 마무리 투수 윤승호뿐이었다.

자연스럽게 그의 눈이 맞은편에 앉아 있던 잭 윌슨에게 향했다.

그의 반응이 궁금했기 때문이었다.

첫 경기가 끝나고 따로 만나 강석곤에 대해서 물었을 때 좋은 평가를 내리며 조만간 접촉을 할 것이란 정보를 흘려줬던 그는 눈을 빛내며 강찬의 투구 내용을 지켜보고 있었다.

그의 눈이 빛난다는 것은 강찬에 대해 관심이 있다는 것을 나타내는 것이었다.

그랬기에 김혁을 침을 삼키며 황인호를 향해 입을 열었다.

"인호야, 저길 봐라. 윌슨 저놈이 네 먹잇감을 낚아채고 싶어 하는 눈치다."

"맛있게 보이긴 하잖아."

"그래서?"

"저놈이 정말 훌륭한 스카우터라면 아마 무슨 수를 써서라도 데려갈지 모른다. 하지만 저놈은 그런 정도로 뛰어난 눈을 가진 놈이 아니야."

"무슨 근거로?"

"저놈은 스카우터라기보다는 텍사스의 홍보맨에 가까운 자야. 구단주의 동생인데 집에서 노는 꼴이 보기 싫으니까 형이 일자리를 마련해 준 거지. 스카우트를 핑계로 여기저기 돌아다니며 노는 게 취미인 놈이다."

"그럼 강석곤은 뭐냐?"

"지시를 받고 왔을 거다. 강석곤은 이미 메이저리그에서도 눈독을 들일 만큼 뛰어난 유망주잖아."

"그럼 쟤는 안 된다는 뜻이네."

"아마도. 그리고 저놈한테는 약점이 있기 때문에 금방 관심을 거둘게 될 거야."

"그게 뭔데?"

"시합을 보면 알게 돼."

황인호가 말을 멈추고 경기장으로 시선을 돌렸다. 그는 더 이상의 대화를 멈추고 경기에 집중하고 싶어 하는 것 같았다.

두 팀의 경기는 팽팽하게 투수전으로 진행되고 있었다.

상황이 변하기 시작한 것은 3회부터였다.

광주고의 타선이 천천히 강찬의 공에 적응하며 안타를 만들어내기 시작했던 것이다.

“약점이 변화구였군.”

“역시 베테랑 기자답다.”

김혁의 말에 황인호가 밝은 웃음을 지었다.

금방 눈치챈 친구의 안목이 꽤나 마음에 든 눈치였다.

하지만 김혁은 그것에 그치지 않고 더욱 세밀한 부분까지 파고들었다.

“슬라이더가 제구가 안 돼서 자꾸 빠지니까 위협적이지 못해. 광주고 타자들이 저 정도에 속을 리 없지. 변화구는 밋밋해서 노리고 있으면 여지없이 때려내는군.”

“빙고.”

“그럼에도 버티는 건 포수 때문이야. 안타를 맞고 나면 무조건 패스트볼로 승부를 보잖아. 하지만 저렇게 계속 던지면 오래 못 버티겠는데. 체력 때문에 어쩔 수 없이 저런 볼 배합을 가져가는 모양인데 좋은 방법은 아닌 것 같군?”

“방법이 없으니까 어쩔 수 없지. 그래도 누가 이길지 몰라. 세광고 타선도 만만치 않거든. 조금 지나면 조경래도 맞게 되어 있어.”

“누가 끈질기냐의 승부겠네. 의외로 재밌는 경기가 되겠다.”

베테랑 야구전문기자답게 김혁이 본 것은 정확했다.

김종훈은 최 감독의 지시를 받고 패스트볼의 비율을 반으로 줄여 버렸는데 강찬의 체력을 최대한 아끼기 위함이었다.

오늘 이 경기를 책임질 수 있는 사람은 강찬밖에 없기 때문에 강찬이 최대한 오래 버텨줘야 승리할 가능성이 높아지기 때문이었다.

하지만 3회가 지나가자 광주고의 수준 높은 타자들은 강찬의 변화구를 집중 공략하기 시작했다.

밋밋한 각도로 들어오는 강찬의 변화구는 맛있는 먹잇감에 불과했기 때문에 그들은 직구나 슬라이더가 들어오면 내버려두고 커브를 집중적으로 노렸다.

강찬의 슬라이더는 구별할 수 있을 만큼 직구와 속도 차가 났기 때문에 타자들을 속이기 힘들었고 대부분은 제구가 안 돼서 볼이 되고 말았다.

그랬기에 회가 진행될수록 볼카운트만 불리하게 만드는 슬라이더의 사용을 자제할 수밖에 없었다.

그럼에도 매회 안타를 맞으면서 점수를 주지 않고 버틸 수 있었던 것은 워낙 패스트볼이 강력했기 때문이었다.

또 한 가지 이유를 든다면 광주고의 타자들이 커브에 타격 타이밍을 맞춰놓다 보니 패스트볼에는 꼼짝하지 못하고 삼진을 당할 수밖에 없다는 것이었다.

5회까지 강찬이 얻어맞은 안타는 7개였으나 점수를 주지 않고 버틸 수 있었던 것은 삼진도 6개나 되었기 때문이었다.

더군다나 안타는 전부 산발이었고 결정적 위기가 오면 패스트볼로 삼진이나 땅볼 처리를 했기 때문에 광주고는 세 번이나 병살을 당했다.

처음에는 커브 공략에 성공하는 것 같아 기뻐하던 광주고 감독은 회가 진행될수록 조바심이 생길 수밖에 없었다.

위기가 올 때마다 빛을 발하는 강찬의 패스트볼을 공략하지 못하는 한 이번 경기는 쉽지 않을 것 같다는 불길한 예감이 온몸을 감쌌다.

그렇다고 변화구 공략을 포기할 수도 없었다.

변화구 공략을 포기하는 순간 안타를 만들어내는 건 더욱더 어려워질 것이기 때문이었다.

지금으로써는 직구나 변화구 둘 중 하나를 노리는 수밖에 없고 계속 삼진을 당하더라도 놈이 지칠 때까지 기다리는 것이 최상의 방법이었다.

어제도 던졌으니 아무리 놈의 팔이 싱싱해도 6회만 지나면 구속이 현저하게 떨어질 수밖에 없다는 판단을 내렸다.

불안했으나 기다리는 수밖에 없다.

예상대로 놈의 구속이 떨어지게 된다면 승부는 그때부터가 진짜다.

광주고 감독의 예상처럼 강찬의 구위가 떨어지기 시작한 것은 사실이나 그가 예상하지 못한 일도 동시에 벌어지기 시작했다.

5회까지 산발 3안타로 세광고 타선을 농락하던 조경래가 6회부터 급격하게 구위가 떨어지며 안타와 포볼을 연속으로 내줬던 것이다.

조경래 역시 예선과 16강, 8강을 거치는 동안 계속해서 출전했기 때문에 6회가 넘어가자 평소의 구위를 유지하지 못한 채 비틀거렸다.

6회 말 1아웃, 주자 1, 2루 상황에서 들어선 것은 3번 타자 윤형만이었다.

그는 유격수 부문에서 고교 랭킹 1위였으며 금년 시즌 3할 4푼의 타율을 지닌 교타자였다.

윤형만이 타석에 나설 때 최 감독은 절대 빨리 승부하지 말라는 주문을 하며 최대한 많은 공을 던지게 만들라고 지시했다.

최 감독은 조경래가 지치기 시작했다는 것을 간파했던 것이다.

물론 광주고에는 차세대 에이스인 장근선이 있다.

지금은 조경래에 가려 언론의 포커스에서 벗어나 있으나 내년만 되면 장근선은 고교야구를 대표하는 투수로 성장할 게 분명했다.

그럼에도 최 감독은 조경래의 강판을 원했다.

조경래만 강판시킬 수 있다면 장근선과는 충분히 해볼 만하다는 게 그의 생각이었다.

장근선은 이틀 전에 출전했기 때문에 피로가 누적되어 있었고 실질적인 구위도 현재로써는 조경래보다는 한 수 아래였다.

윤형만은 역시 선구안이 좋은 교타자였다.

최 감독의 지시대로 그는 끈질기게 조경래를 물고 늘어졌다.

배트를 최대한 짧게 잡은 그는 볼은 그냥 보내고 스트라이크는 커트하기 시작했다.

길고 지루한 승부.

무려 13구나 간 승부에서 윤형만은 기필코 좌중간 안타를 만들어냈다.

2루에 있던 주자는 전력으로 홈을 파고들었고 홈으로 송구된 공은 브로킹을 위해 서두르던 포수의 미트를 빠져나가 펜스까지 굴러갔다.

광주고로 봤을 때는 최악의 상황이었다.

선취점을 준 것은 물론이고 공이 빠지며 주자가 2, 3루로 바뀌었으니 최대의 위기를 맞게 되었다.

더군다나 다음 타자는 고교 최대 슬러거 중 하나로 꼽히는 4번 타자 김종훈이었다.

광주고 감독이 마운드에 올라온 것은 김종훈이 타석에 들어섰을 때였다.

그는 마운드에 올라 뭔가를 상의하더니 기어코 조경래의 손에서 공을 넘겨받았다.

윤형만과의 길고 긴 승부에서 패한 조경래가 더 이상 던지기 어렵다고 판단한 모양이었다.

조경래가 강판되고 나온 투수는 장근선이었다.

광주고 감독이 시간을 끈다고 끌었으나 장근선은 제대로 몸을 풀지 못한 채 등판하고 있었다.

조경래가 워낙 잘 던지고 있었기 때문에 미처 준비할 시간조차 없었다.

급하게 등판한 그는 연신 팔을 돌리며 땀을 내기 위해 애를 썼다.

4개의 연습 투구를 연이어 하지 않고 간격을 두며 계속 팔을 돌린 것은 몸을 풀기 위한 노력이었다.

다시 플레이볼이 선언되고 장근선이 공을 감춘 채 사인을 바라보자 김종훈이 어깨를 흔들었다.

지금까지 조경래에 막혀서 삼진과 유격수 땅볼로 물러섰기 때문에 그는 눈을 부릅뜨고 장근선을 노려봤다.

오늘 경기에서 가장 큰 찬스였다.

이 찬스를 살리느냐 못 살리느냐에 따라 세광고의 결승 진출이 달려 있었기 때문에 그는 펄떡펄떡 뛰는 심장박동을 억지로 가다듬으며 와인드업 자세로 들어가는 투수의 손에 온 정신을 집중했다.

쐐애액…….

빠른 직구. 하지만 낮다.

눈 깜짝할 사이에 지나가는 공을 순간적으로 판단한 김종훈이 배트를 회수하며 뒤로 물러섰다.

거르는 걸까?

1루가 비어 있으니 최대한 나쁜 공으로 승부하다가 수틀리면 거를 수도 있다는 생각을 하는 것 같다.

짧은 순간에 머리가 팽이처럼 돌아갔다.

다음 순서인 5번 타자 유혁수는 2학년이지만 금년 시즌에 거의 3할에 가까운 타격을 보여주었다.

하지만 오늘은 연속으로 삼진을 당해 기가 많이 꺾여 있는 상태였다.

6번 타자인 천명훈도 오늘은 타격감이 엉망이었다.

자신이 포볼로 걸어 나간다면 점수를 낼 확률이 많지 않다는 뜻이다.

역시 상대 팀 배터리는 승부를 보지 않으려는 듯 두 번째 공도 거의 땅에 닿은 만큼 낮게 던졌다.

포볼을 주는 한이 있더라도 어떡하든 장타를 허용하지 않겠다는 의지였다.

2볼, 노 스트라이크.

길게 잡은 배트를 좌우로 흔들었다가 스윙을 두 번 한 후 다시 타격에 들어섰다.

예상대로 몸 쪽 낮은 직구가 들어왔다.

이런 공은 건드려 봤자 잘못하면 병살타가 될 확률이 컸지만 김종훈은 풀스윙을 했다.

얼마나 큰 스윙이었는지 균형을 잡지 못하고 비틀거리다가 주저앉을 정도였다.

대충 봐도 욕심을 부려 장타를 노리다가 균형을 잃은 것으로 보였다.

계면쩍은 표정으로 어색한 웃음을 보였던 김종훈이 다시 표정을 가다듬고 타격 자세를 취했다.

우람한 몸집에서 풍겨 나오는 포스가 장난이 아니었지만 이번 타격에서는 뭔가 쫓기는 느낌이 전해져 온다.

김종훈은 네 번째 바깥쪽으로 흘러나가는 어이없는 슬라이더에도 손이 나갔다.

스트라이크존으로 들어오다가 뚝 꺾이며 빠져나간 공이었기 때문에 그는 엉덩이가 빠진 자세에서 엉거주춤 배트만 휘둘렀다.

타격 밸런스가 완전히 무너진 자세였다.

금방 2볼, 2스트라이크로 변했다.

지금처럼 엉망으로 타격을 한다면 김종훈은 삼진을 면하지 못할 것처럼 보였다.

그러나 광주고의 배터리는 의심을 풀지 않았다.

다섯 번째 공은 낙차가 큰 커브였다.

스트라이크존으로 들어오는 것처럼 보였지만 거의 땅바닥에 처박히는 볼이었다.

거의 반쯤 나갔던 배트를 김종훈이 간신히 붙잡았다.

그는 스윙 자세에서 그대로 1루심을 쳐다봤다.

다행히 스윙이 되지 않았다는 판정이 내려지는 걸 보고 자세를 풀었다.

아찔한 순간. 조금만 더 나갔다면 삼진 처리가 됐을 상황이었다.

3볼 2스트라이크, 풀카운트.

타석에 다시 들어선 김종훈은 호흡을 가라앉히고 몇 번의 연습 스윙을 한 후 투수를 향해 시선을 던졌다.

느낌으로 알 수 있었다.

처음에는 포볼을 내주더라도 승부를 보지 않으려 했던 상대팀 배터리의 사인이 급박하게 돌아가고 있었다.

이것은 자신의 타격 밸런스가 무너졌다는 판단을 내리고 승부를 볼 심산이다.

이제 단 하나의 공으로 오늘 경기의 승부가 결정된다.

긴장이 스멀스멀 머리끝을 향해 치밀어 올랐다.

그렇다고 몸이 굳어지거나 두려운 것은 아니었다.

다시 한 번 숨을 길게 내뱉고 투수가 공이 던지기를 기다렸다.

와인드업을 끝낸 장근선의 손에서 빠른 속구가 몸 쪽을 향해 날아왔다.

승부구.

그리고 김종훈이 기다렸던 공이다.

딱!

경쾌한 소리와 함께 공이 외야를 향해 새까맣게 날아갔다.

김종훈의 결정적인 스리런 홈런에 세광고의 벤치에서는 최 감독뿐만 아니라 모든 선수가 뛰어 나왔다.

손을 번쩍 쳐든 채 그라운드를 도는 김종훈의 모습이 마치 개선장군처럼 보였다.

홈을 밟고 들어오는 김종훈의 헬멧이 불이 날 정도로 두들겼고 선수들은 하나가 되어 미친 듯이 환호성을 질렀다.

하긴 선수들뿐만이 아니었다.

학교에서 응원 나온 교감선생을 비롯해서 선생님들과 가족들, 그리고 동문들은 펄쩍펄쩍 뛰면서 기쁨을 숨기지 못했다.

0 : 0으로 팽팽하게 맞서던 경기가 6회 들어 순식간에 4 : 0으로 바뀌었으니 조마조마한 마음으로 관전하던 그들은 마치 경기가 끝난 것처럼 만세를 불러댔다.

세광고의 기세는 높게 치솟았고 반면 광주고의 분위기는 침울하게 변했다.

하지만 경기는 아직 끝나지 않았다.

비록 홈런을 맞았으나 장근선이 나머지 타자들을 범타로 처리하며 악몽 같았던 6회 말을 끝냈기 때문에 강찬은 글러브를 들고 천천히 마운드로 올라갔다.

이제 남은 이닝은 불과 3회만 남았을 뿐이다.

지금까지 던진 공은 100개가 넘어 어깨가 뻐근하게 아파왔다.

커브를 섞어 던지며 힘을 조절했으나 연속되는 위기로 인해 전력으로 패스트볼을 던졌기 때문에 벌어진 현상이었다.

그래서인지 6회부터 직구의 구속이 줄어드는 게 눈에 보였다.

최 감독은 7회 수비에 나서는 강찬의 어깨를 두들겨 주며 한 회만 더 버텨달라고 부탁했다. 7회만 넘기면 어떡하든 나머지 이닝은 막을 수 있다며 강찬에게 마지막 힘을 내달라는 부탁을 했다.

그런 최 감독에게 강찬은 씩씩한 모습으로 걱정하지 말라는 말과 함께 그라운드로 나섰다.

호흡을 가다듬고 김종훈을 봤다.

홈런을 때린 흥분이 아직 남았을 텐데도 김종훈은 차분하게 가라앉은 자세로 사인을 보내왔다.

커브였다.

처음으로 고개를 흔들었다. 그런 후 자세를 풀고 발로 투수판을 문질렀다.

그러자 김종훈이 마운드로 뛰어왔다.

"왜 그러냐?"

"형, 감독님이 이번 회만 막아달래요. 지금까지 안타 맞은 거 전부 변화구예요. 그러니까 이번 회는 모두 직구로 승부를 봤으면 좋겠어요."

"어깨 괜찮겠어?"

"조금 뻐근하지만 아직 버틸 만해요."

"좋아, 무슨 말인 줄 알겠다. 대신 코너워크는 확실히 지켜야 해. 구위가 많이 떨어졌기 때문에 잘못하면 장타를 맞을 수 있어."

"그렇게 하겠습니다."

김종훈의 부탁에 글러브로 입술을 가린 강찬이 대답을 했다.

7회 광주고의 타선은 6번서부터였다.

6번 타자는 오늘 변화구를 받아쳐서 안타가 있었는데 그래서인지 타석에 들어서는 걸음이 제법 당당했다.

빈 스윙을 끝내고 자세를 잡은 타자를 슬쩍 확인한 강찬이 김종훈의 손가락을 바라봤다.

미리 입을 맞췄으니 구질은 패스트볼이었지만 코스는 확인해야 한다.

안타를 맞아도 좋다.

무조건 스트라이크를 꽂아 넣어 최대한 빨리 승부를 볼 생각이었기 때문에 김종훈은 초구를 한복판으로 요구했다.

강찬의 패스트볼은 홈 플레이트에 도착했을 때 10㎝가량 뜨면서 들어오기 때문에 광주고의 타자들은 속수무책으로 당해왔다.

그러나 지금은 투구 수가 많아지면서 힘이 죽었기 때문인지 떠오르는 높이가 현저히 줄어든 상태였다.

그럼에도 강찬의 직구는 아직 위력이 남아 있었다.

김종훈의 요구대로 한복판에 직구를 찔러 넣자 타자가 배트를 든 채 꼼짝하지 않았다.

기다리던 공이 아니란 뜻이다.

강찬은 공을 받아 든 후 고개를 흔들어 목을 풀었다.

체력이 떨어지면서 목이 뻣뻣하게 굳어왔기 때문이었다.

두 번째 공은 바깥쪽 꽉 찬 직구였고 세 번째 공은 타자 무릎을 통과하는 인코스였다.

쐐애액… 팡!

경쾌한 소리와 함께 타자 무릎 높이로 통과한 공이 포수의 미트에 빨려 들어가듯 꽂혔다.

심판의 몸이 공중 부양하듯 뛰어 오르며 스트라이크를 외쳤고 타자가 배트로 땅바닥을 후려갈겼다.

그는 강찬이 이렇게 빨리 승부할 줄은 미처 예상하지 못했던지 배트를 휘두르지도 못했다.

휴우…….

저절로 한숨이 흘러나왔다.

이제 내가 책임져야 할 타자는 둘.

7번과 8번 타자는 오늘 안타가 없는 선수들이었기 때문에 압박감이 덜했지만 그렇다고 해서 안심할 수 없는 상황이다.

광주고의 벤치에서는 이번 회에 강찬이 변화구를 던지지 않자 타깃을 직구에 맞추라고 지시했던 모양이었다.

7번 타자는 초구부터 패스트볼에 적극적으로 배트를 휘둘렀는데 그것이 오히려 강찬을 도와주었다.

비껴 맞은 공이 윤형만 쪽으로 데굴데굴 굴러갔다. 속도가 죽었기 때문에 처리하기 쉽지 않은 공이었으나 고교 최고의 유격수답게 윤형만은 부드러운 러닝 스로로 타자를 잡아내 주었다.

벤치에서 최 감독이 만세를 부르는 모습이 눈에 들어왔기 때문에 강찬은 자신도 모르게 웃음을 지었다.

요즘 들어 최 감독은 예전의 카리스마를 종종 잃어버리고 있었는데 어떨 때는 귀엽게 보이기까지 했다.

이제 남은 타자는 하나.

어깨가 무거웠으나 강찬은 팔을 빙빙 돌려 뻐근해져 가는 어깨 근육을 풀었다.

공 3개만 던지면 자신의 할 일은 마무리가 된다.

처음부터 과감하게 밀었다.

마지막이라 생각하니 어디선가 힘이 마구 솟아올랐다.

초구를 몸 쪽 빠르게 찔러 넣었다.

타자도 예상하고 있었던지 배트를 휘둘렀으나 공을 맞추지 못했다.

구속이 떨어지긴 떨어진 모양이다.

비록 공을 맞추지는 못했으나 8번 타자의 배트 타이밍은 강찬의 직구를 걷어낼 만큼 정확하게 포인트를 잡고 있었다.

두 번째 공은 바깥쪽 꽉 찬 직구였다.

역시 노리고 있던 타자의 배트가 날카롭게 돌아갔으나 다행스럽게 파울볼이 되었다.

2스트라이크, 노 볼.

평상시 같으면 유인구를 던져야 하는 상황이었으나 강찬에게는 그럴 여유가 남아 있지 않았다.

김종훈이 인코스로 붙이라는 사인을 보내왔기 때문에 고개를 끄덕여 알았다는 신호를 보냈다.

하지만 그 말대로 던지지 않을 생각이었다.

직구의 타이밍이 맞아가는 상태였으니 커브로 승부를 보는 게 맞을 것 같았다.

포수의 사인에 인정하듯 고개를 끄덕인 것은 타자가 눈치채지 못하게 만들기 위함이었다.

사인을 오래 끌게 되면 의심을 할 가능성이 있었다.

김종훈은 고교 선수 중 톱클래스에 꼽히는 포수였기 때문에 사인과 다르게 커브가 들어와도 브로킹을 해줄 거라 믿었다.

만약 공이 빠진다 해도 주자가 없을뿐더러 아직 볼카운트도 여유가 있기 때문에 문제될 건 없었다.

일부러 호흡을 길게 가져갔다.

타자의 타이밍을 뺏기 위해서는 딜레잉이 필요하다는 걸 야구 교본에서 읽은 적이 있었다.

천천히 투구 자세를 취했으나 와인드업에 이은 투구는 빠르게 가져갔다.

하지만 공은 느리게 날아가 홈 플레이트에서 뚝 하고 떨어졌다.

낙차가 크지는 않았지만 타자가 배트를 휘두른 후에 공은 스트라이크존을 통과했다.

패스트볼에 타이밍을 맞춰 놓은 타자의 배트는 턱없이 빠르게 돌아갔다.

놀란 김종훈이 공을 잡아놓고도 한동안 움직이지 못하다가 벌떡 일어나며 마스크를 벗어젖혔다.

전혀 예상치 못했던 공을 던진 강찬을 질책하는 대신 그는 팔을 번쩍 들어 올리며 괴성을 질렀다.

삼진을 잡아냈으니 강찬이 맡기로 한 7회가 끝난 것이다.

이닝을 끝내고 벤치로 돌아오자 최 감독이 강찬에게 다가와 그를 끌어안았다.

스승이 사랑하는 제자를 대할 때 하는 행동.

그는 진정으로 강찬이 대견스럽고 자랑스러웠던 모양인지 한동안 끌어안은 채 아무런 말도 하지 못했다.

세광고의 타선이 강하다는 건 정평이 나 있었다.

그런데도 번번이 8강 문턱에서 탈락한 것은 투수력 때문이었지 타선 때문이 아니었다.

세광고의 7회 말 공격은 선두 타자로 나선 7번 타자 2학년 안치영이 안타를 치고 나가면서 득점 찬스를 맞았다.

그러나 불운하게도 8번 타자가 병살타를 치면서 순식간에 2아웃으로 변했고 가장 타력이 약한 9번 타자는 3루수 땅볼로 물러나고 말았다.

그럼에도 장근선 정도는 언제든지 해볼 만하다는 분위기가 세광고 벤치에는 팽배하게 퍼져 나갔다.

안치영의 선두 타자 안타가 불러온 효과였다.

이제 남은 것은 단 2회였고 최 감독은 강찬을 강판시키고 어윤천을 마운드에 올려 보냈다.

마음 같아서는 당장 손혁을 등판시키고 싶었으나 지금의 스코어를 감안하면 내일 있을 결승전도 생각해야 했다.

어윤천은 강찬과 다르게 변화구와 슬라이더가 좋은 투수였다.

이닝을 오래 가져가면 타자들의 눈에 익으면서 안타를 맞는 빈도가 높아졌지만 2이닝 정도라면 언제든지 버틸 수 있는 투수였다.

단적인 예로 16강전에서 그는 강찬의 뒤를 이어 완벽하게 휘문고 타선을 봉쇄했었다.

연습 투구를 하는 어윤천을 바라보며 최 감독이 입술에 침을 묻혀 마른 입술을 적셨다.

그는 긴장이 되는지 잠시도 앉아 있지 못했다.

투수는 환경의 영향을 가장 많이 받는 선수다.

등판된 환경이 어떠냐에 따라 선수가 받는 긴장도는 극에 달하기도 하는데 선발보다 구원투수들이 훨씬 더 강한 압박을 받는다고 한다.

최 감독은 어윤천을 등판시키면서 긴장을 풀어주기 위해 무던히 애를 썼다.

점수 차가 크다는 얘기를 했고 상대 팀의 투수인 장근선 정도는 타자들이 언제든지 두들길 수 있다며 한두 점 정도 줘도 괜찮다는 말을 해줬다.

하지만 어윤천은 그런 최 감독의 노력에도 불구하고 긴장을 떨치지 못했던 모양이었다.

초구부터 제구가 되지 않더니 결국 그는 첫 타자를 포볼로 내보내고 말았다.

그나마 다행스럽게 첫 타자를 포볼로 내보낸 후부터 제구가 되기 시작했는데 1번 타자를 절묘한 슬라이더로 땅볼 처리했다.

윤형만 정도의 실력이라면 충분히 병살타로 만들 수 있었으나 히트앤드런 작전이 걸렸었기 때문에 타자만 아웃시킬 수 있었다.

최 감독의 입에서 탄식이 흘렀고 어깨를 보호하느라 수건을 감싸고 있던 강찬과 후보 선수들이 아쉬움으로 발을 굴렀다.

병살타를 만들었다면 이 경기는 거의 이긴 거나 다름없었기 때문에 그들의 안타까움은 클 수밖에 없었다.

타석에 들어선 광주고의 2번 타자는 오늘 2개의 안타를 만들어낸 장본인이었다.

그는 강찬의 변화구를 정확히 받아쳤는데 2개의 안타 중 하나는 좌중간을 완전히 가르는 2루타였다.

위기.

위기를 느낀 김종훈은 어윤천의 긴장을 풀어주려는 듯 자리를 박차고 일어나 손을 번쩍 든 채 벼락처럼 파이팅을 외쳤다.

그러자 어윤천을 비롯한 세광고의 모든 야수가 동시에 파이팅을 외쳤다.

고교야구의 패기.

세광고 선수들의 승리에 대한 열망은 그 어느 때보다 강해 보였다.

그러나 그런 열망은 광주고도 마찬가지였다.

이미 청룡기를 우승한 전력이 있었기 때문인지 광주고의 선수들은 어려운 상황에서도 포기하지 않는 집념을 가지고 있었다.

어윤천의 직구 최고 구속은 136㎞/h였다. 고교 선수로서는 평균 정도의 구속이었지만 장기인 커브와 섞어 던지면 웬만한 타자들은 손도 못 댈 정도다.

그랬기에 그는 광주고의 2번 타자를 상대로 직구와 커브를 적절히 섞어 던졌다.

강찬의 커브보다 낙차가 훨씬 큰 그의 변화구는 매우 효율적이어서 2스트라이크까지 잡아낼 수 있었다.

문제는 그가 커브가 아닌 직구를 노렸다는 것이다.

김종훈은 그가 강찬의 변화구를 워낙 잘 받아쳤기 때문에 승부구를 직구로 가져갔는데 그는 기다렸다는 듯 받아쳐서 1루와 2루 사이를 가르는 안타를 만들어냈다.

다행히 2루 주자는 홈으로 파고들지 못했다.

워낙 단타였기 때문에 전진 수비를 하던 우익수가 곧장 홈으로 송구했기 때문이었다.

공은 정확히 김종훈의 미트에 들어갔고 1루 주자마저 2루로 가지 못했다.

1아웃에 1, 3루.

위기는 점점 커져 갔다.

3번 타자인 오만수는 광주고가 보유하고 있는 3할 타자 중 한 명으로 스윙이 깨끗해서 다른 타자들의 모범이 될 정도였다.

중, 장거리 타자이면서도 3할을 치는 그의 펀치력은 정평이나 있었는데 그가 타석에 들어서자 광주고 응원단에서 함성이 터지기 시작했다.

그에 대한 기대가 그만큼 크다는 것을 나타내는 것이었다.

어윤천은 타자가 들어서자 눈을 지그시 감았다가 호흡을 고른 후 떴다.

최 감독의 말처럼 스코어는 4 : 0이었고 여기서 홈런을 맞는다 해도 역전까지 가는 것은 아니었으니 최선을 다해 승부할 생각이었다.

강찬은 패스트볼이 주무기였으나 그는 직구가 빠르지 않은 대신 슬라이더와 커브 등의 변화구에 강점을 가지고 있었다.

볼은 직구로, 스트라이크는 변화구로 잡는다는 전략을 펼쳐 오만수를 상대했다.

초구는 직구로 볼이었고 두 번째 공은 슬라이더로 스트라이크를 잡았다.

세 번째 공은 커브였는데 기가 막히게 홈 플레이트에서 횡으로 떨어지며 몸 쪽 스트라이크존을 통과했다.

이것이 결정구였다면 오만수는 꼼짝도 하지 못하고 삼진을 당했을 것이다.

2스트라이크 1볼 상태에서 김종훈의 사인이 날아왔다.

유인구.

바깥쪽 높은 직구로 유인하자는 사인이었다.

고개를 끄덕인 후 있는 힘껏 던졌는데 공이 조금 일찍 빠지며 김종훈이 요구했던 것보다 낮게 날아갔다.

실투다.

너무 놀라 눈을 질끈 감았으나 어느새 오만수의 배트는 날카롭게 돌아가고 있었다.

딱!

경쾌한 소리와 함께 공이 우익수 쪽을 향해 날아갔다.

그러나 창공을 향해 비상하던 공이 더 이상 뻗지 못하고 어느 순간 힘을 잃은 채 낙하하기 시작했다.

정확하게 임팩트 되지 못한 공은 펜스 10m 전방에서 우익수에게 잡혔다.

공이 잡히는 순간 다리가 풀린 어윤천이 풀썩 무릎을 꿇었다.

만약 빠졌다면 1루 주자까지 홈으로 들어왔을 만큼 큰 타구였기 때문에 우익수가 공을 잡아내자 너무 기뻐 눈물이 나올 지경이었다.

3루 주자가 태그한 후 홈으로 들어왔으나 1루 주자는 세광고의 중계 플레이에 꼼짝하지 못했다.

커다란 한숨을 내뱉고 어윤천이 천천히 일어났다.

거의 칠부 능선을 넘었으나 아직 위기가 끝난 것은 아니었다.

광주고의 4번 타자이자 홈런 타자로 자타가 인정하는 곽석환이 타석에 들어섰기 때문이었다.

그는 청룡기 때 5개의 홈런을 때려내며 홈런왕에 등극한 강타자였다.

곽석환이 타석에 들어서자 김종훈이 타임을 부른 후 마운드로 뛰어갔다.

곽석환은 그와 함께 쌍벽을 이룰 정도의 강타자였기 때문에 홈런에 대한 부담감이 너무 컸다.

홈런 한 방이면 점수 차는 금방 줄어들어 1점 차로 추격당하게 된다.

뛰어서 마운드로 올라간 김종훈은 의아한 얼굴을 하는 어윤천을 향해 급하게 입을 열었다.

그는 미트로 입을 가리고 있었는데 누군가 대화를 듣는 걸 경계하는 모습이었다.

"윤천아. 거르자."

"그냥요?"

"그냥은 아니고 나쁜 공으로 네 개만 던져. 치면 다행이고 아니면 내보내면 되잖아."

"그럼 동점 주자가 나가는데 괜찮겠습니까?"

"괜찮아, 5번 타자는 장타자가 아니니까 저놈만 피하면 승산이 있다."

"무슨 애긴지 알겠습니다."

어윤천이 고개를 끄덕이자 김종훈이 그의 어깨를 두들겨 준 후 포수석으로 되돌아갔다.

그런 후 미트를 팡팡 때리며 파이팅을 외친 후 자리에 앉았다.

작전을 숨기려는 고도의 심리전이다.

이미 포볼을 전제로 공을 던지기로 했기 때문에 어윤천은 일 구 일 구 땅바닥을 향해 공을 처박았다.

전혀 말도 안 되는 공이 아니라 스트라이크에 들어오다가 뚝 떨어져 버리는 구질들이었다.

직구도 그랬고 슬라이더와 커브도 마찬가지였다.

1구와 2구를 보낸 곽석환이 말도 안 되는 3구에 배트를 휘둘렀다. 나름대로 진지한 표정을 짓고 있었지만 김종훈은 전회에 자신이 한 짓을 그가 따라 한다는 걸 눈치채고 계속해서 땅볼을 던지란 사인을 보냈다.

4번째 공에 배트를 휘두른 곽석환은 어윤천이 끝내 승부를 피하고 땅볼을 던지자 그때서야 배트를 집어 던지며 1루로 걸어 나갔다.

비록 포볼을 줬지만 유인에 걸려들지 않았다는 사실에 세광고의 배터리는 서로를 격려했다.

5번 타자인 설승환은 김종훈의 말대로 교타자였다.

아무리 정확하게 걸려도 절대 홈런을 칠 수 없는 타자였는데 그 이유는 그가 배트를 남들보다 한 뼘이나 짧게 잡기 때문이었다.

배트를 짧게 잡는다는 건 그만큼 스윙 속도가 빠르다는 걸 나타냈고 실질적으로 그의 스윙속도는 고교에선 톱클래스에 속했다.

2아웃 만루 상황이니 이제 더 이상 걸린다는 걸 말이 안 된다.

그랬기에 어윤천은 초구부터 스트라이크를 집어넣으며 정면 승부를 걸었다.

죽기 아니면 까무러치기란 심정으로 그는 전력을 다해 공을 뿌렸다.

최고 수준의 교타자답게 설승환은 볼에 손을 대지 않았다.

그렇다고 스트라이크에 배트가 나간 것도 아니었다.

그는 자신이 원하는 구질이 나올 때까지 계속해서 커트를 했는데 무려 14구까지 걷어냈다.

슬슬 열이 받기 시작한 어윤천의 입에서 우물거리며 욕이 터져 나왔다.

반대쪽을 보면서 작은 목소리로 한 것이었기 때문에 알아들은 사람은 없었지만 욕을 하고 나자 속이 시원해졌다.

놈이 원하는 것은 한가운데 직구였다.

9번째 공을 던진 후부터 놈의 의도를 알아챘기 때문에 다른 구질을 던졌는데 계속해서 커트를 해대자 오기가 생겼다.

그랬기에 어윤천은 온 힘을 다해 가운데로 내민 김종훈의 미트를 향해 공을 뿌렸다.

공이 어윤천의 손을 떠나 홈 플레이트 쪽으로 다가오자 설승환의 왼쪽 골반이 틀어지면서 배트가 정확하게 빠져나왔다.

그의 입에 걸린 미소는 득의에 찬 것이었는데 승부에서 이겼다는 확신을 가지고 있는 것처럼 보였다.

그러나 공은 스트라이크존을 파고들다가 홈 플레이트에서 급격히 꺾이면서 좌측으로 빠져나갔다.

김종훈이 몸을 틀어 막아야 했을 만큼 폭투에 가까운 슬라이더였다.

타이밍을 잃어버린 설승환은 엉덩이가 빠진 상태에서 배트를 휘둘렀는데 공과의 격차가 무려 두 개 이상 난 타격이었다.

삼진을 당한 설승환의 얼굴이 잔뜩 일그러졌다.

위기의 풀카운트 상황에서 이런 볼을 던진 게 이해되지 않는다는 표정이었다.

그는 어윤천을 마치 또라이처럼 바라보고 있었다.

제일 먼저 김종훈이 일어나며 만세를 불렀고 곧이어 어윤천이 두 손을 번쩍 들었다.

수비를 끝낸 야수들이 달려와 어윤천을 감쌌고 벤치에서도 최 감독을 비롯해서 모든 선수가 함성을 지르며 뛰어나왔다.

경기가 끝난 것은 아니었지만 이미 승부는 기울어진 것이나 다름없었다.

그걸 증명이라도 하듯 세광고는 8회 말에 2점을 더 뽑은 후 9회 초에서 광주고의 하위 타선을 깨끗이 틀어막아 경기를 끝냈다.

전혀 예상하지 못했던 결과였기에 스카우터들과 기자들은 한동안 자리를 뜨지 못했다.

8강에 한 번밖에 오르지 못했던 세광고가 청룡기 우승 팀을 셧아웃시킬 거라 예상한 사람은 하나도 없었기 때문에 그들은 기쁨으로 한 덩이가 되어 그라운드를 누비고 있는 세광고 선수들을 바라보며 황당한 표정을 지우지 못했다.

제6장
결승전

언론에서는 아주 작게 보도되었지만 세광고의 대통령 배 결승 진출은 청주를 발칵 뒤집어놨다.

청주에 있는 고등학교가 3대 메이저 대회중 하나인 대통령 배 결승에 진출한 것은 32년 만에 이룬 쾌거였고 모든 시민을 흥분시키는 빅뉴스였다.

경기가 끝나고 최 감독이 학교에 전화를 걸어 교장에게 준결승에서 이겼다는 소식을 전했을 때 교장은 거의 기절 직전까지 갔다.

그는 내심 포기하고 있었던 것 같았다.

나중에 들은 바로는 4강전에서 청룡기 대회 우승 팀이자 최강의 전력을 자랑하는 광주고와 시합을 하게 된 것을 알았을 때 교장은 고개를 흔들며 연신 한숨을 쉬었다고 한다.

청주 전체가 열광했고 학교는 버스를 대절해서 3학년을 제외한 모든 학생을 응원에 참여시켰다.

32년 만에 우승을 바라는 세광고의 염원은 간절함을 가득 담은 청주 시민의 소망과 함께 춘천으로 향하고 있었다.

최강의 전력을 자랑하던 광주고를 격파하고 결승에 진출했다는 기쁨을 뒤로한 채 최 감독은 뜬눈으로 밤을 새우며 밝아오는 태양을 맞았다.

올해의 성적도 작년처럼 좋지 않았다.

예상을 할 수 있을 정도로 투수력이 약했기 때문에 금년 성적이 좋지 않았어도 작년처럼 실망하거나 낙담하지 않았다.

사람은 자신이 가지고 있는 만큼 결과가 나오면 당연한 것으로 받아들이는 편한 뇌 구조를 가졌다.

대통령 배를 출전하면서도 욕심을 버렸다.

손혁 하나만 가지고는 기껏해야 16강이었고 운이 좋으면 8강까지 진출할 수 있을 거란 판단을 내리며 춘천으로 향했다.

그런데 말도 안 되는 일이 벌어져 꿈에서조차 생각해 보지 않았던 결승에 오르고 말았다.

버린 패로 여겼던 강찬의 존재가 이런 결과를 만들어냈으니 운이 좋았다는 말도 꺼내기가 부끄러울 지경이었다.

그러나 과거는 과거로 묻어두어야 했고 당장 오늘 벌어질 결승전을 생각하자 자신도 모르게 욕심이 났다.

물론 어렵다는 건 안다.

선린정보고의 강석곤은 초고교 급의 괴물투수로서 어제 무서운 위력을 뽐내며 경복고 타자들을 윽박질렀다.

그는 70여 개의 투구만 했기 때문에 결승전이 벌어지는 오늘도 출전할 가능성이 컸다.

선린정보고가 고교야구 최강으로 꼽히는 이유는 두 가지다.

첫째는 고교야구 최고의 교타자로 손꼽히는 최성일과 홈런을 밥 먹듯이 쳐 내는 정세호가 클린업트리오를 형성한다는 것이었고.

둘째는 강석곤과 이현승으로 대표되는 최강의 투수진이 마운드를 지킨다는 것이었다.

강석곤은 두말할 것 없었고 이현승 역시 국내 프로 구단이 눈독을 들일 정도의 강속구와 변화구를 보유하고 있었다.

그의 변화구 각도는 프로야구 투수 못지않을 만큼 예리한 것으로 정평이 날 정도였다.

그럼에도 욕심이 나는 것은 준결승전에서 손혁을 쓰지 않았고 세광고 역시 선린정보고 못지않은 타격을 보유하고 있었기 때문이었다.

고고야구는 전력이 부족해도 주어진 상황과 분위기에 따라 뜻밖의 결과가 발생하는 경우가 왕왕 있으니 승부는 어떻게 될지 아무도 몰랐다.

아침에 일어난 세광고 선수들의 눈은 전부 부스스했다.

저녁을 배 터지게 고기로 채우고 내일 있을 결승전을 대비해서 일찍 잠자리에 들었지만 그들은 흥분된 마음을 진정시키지 못한 채 잠을 설쳤다.

오늘 있을 결승전은 오후 2시 반부터 시작하는 것으로 계획되어 있었기 때문에 마지막 마무리 훈련을 오전에 할 예정이었다.

하지만 오전 훈련도 어찌 보면 간단하게 몸 푸는 정도였기에 부담되는 것은 아니었다.

그래서인지 최 감독은 선수들이 10시까지 모인다는 조건으로 가족들을 만날 수 있도록 허락해 주었다.

급하게 연락을 취한 선수들이 하나둘 숙소를 빠져나갔다.

미리 8강전부터 춘천으로 올라와 상주하면서 응원한 가족들도 있었지만 대부분의 가족들은 결승전에 올라갔다는 소식을 듣고 어젯밤에 도착했기 때문에 아직 선수들을 보지 못했다.

아마도 최 감독은 선수들이 가족들의 격려를 받고 더욱더 힘내주길 바라면서 그런 결정을 내렸는지 모르겠다.

강찬은 선수들이 모두 빠져나간 숙소에 혼자 남아 창문을 통해 펼쳐져 있는 춘천 시내를 구경했다.

시내는 아침 햇살을 맞으며 밝게 빛나고 있었는데 마치 하울의 성처럼 아름다웠다.

가족이란 존재.

어머니, 그리고 아버지.

나를 낳아준 분들이 왜 핏덩이에 불과했던 자신을 버려야 했는지 늘 궁금했다.

어렸을 때는 그 궁금함의 끝이 언제나 분노였다.

키우지도 못할 거면서 자신을 버려 버린 부모를 증오했었고 절대 찾지 않을 거라 다짐하며 이를 갈았다.

그러나 철이 들면서 그 분노는 서서히 옅어졌고 대신 끝없는 그리움이 생겨났다.

그리고 울었다.

내가 미워서가 아니라 뭔가 피치 못할 사정이 있었을 거라 생각하며 자신을 버리고 괴로워했을 부모님을 생각하며 울었다.

언젠가 만날 수만 있다면 그 따스한 품에 안겨 원 없이 울고 싶었다.

멍한 눈으로 한없이 시내를 보던 그가 천천히 창문에서 떨어져 나와 텔레비전을 켰다.

어차피 10시까지는 할 일이 없으니 어떡하든 시간을 죽여야 했다.

그때 주머니에 넣어두었던 핸드폰에서 벨이 요란하게 울렸다.

9시가 조금 넘은 아침 시간에 전화가 올 곳은 뻔했기에 강찬은 전화기를 꺼내 발신자를 확인했다.

역시 전화를 한 것은 은서였다.

강찬은 급하게 옷을 갈아입으며 외출 준비를 서둘렀다.
은서와 테레사 수녀님이 새벽에 응원단 버스를 타고 춘천에 도착했다는 전화를 해왔기 때문이었다.
가족이 없다고 생각했던 자신이 한심하고 불쌍해 보였다.
이렇게 그 먼 길을 힘들게 와준 사람들이 있음에도 고아라는 사실에 연연한 자신이 너무 어리석게 느껴졌다.
숙소와 멀지 않은 커피숍에 들어서자 손을 번쩍 들며 반가운 표정을 짓는 은서와 테레사 수녀님이 보였다.
그들은 강찬이 들어서자 자리에서 일어나 반갑게 맞아주었는데 마치 잃어버렸던 오빠와 아들을 만난 것 같은 얼굴을 하고 있었다.
밖이 보이는 창가 자리에 앉자 테이블에 가득 놓인 음식이 눈에 들어왔다.
정성스럽게 싼 김밥이 찬합에 소복하게 담겨 있었고 각종 과일을 먹기 좋게 썰어놓은 플라스틱 그릇도 놓여 있었다.
국은 보온 통에 담아 왔는데 그가 가장 좋아하는 시금치국이었다.
그 밖에 계란말이를 비롯해서 정갈한 밑반찬들이 차례대로 모습을 드러냈다.
"이게 다 뭐예요?"
"엄마가 오빠 준다고 밤새 준비해 온 거야. 많이 먹어."
질문은 테레사 수녀에게 했는데 대답은 은서가 했다.
은서는 커피숍에 들어온 이후로 한 번도 시선을 떼지 않은 채 강찬을 바라보고 있었다.

아침을 먹었다고 말할 수는 없었다.

푸근한 미소를 지은 채 어서 먹으라고 말하는 테레사 수녀님을 실망하게 만든다는 건 말도 안 되는 짓이었다.

그랬기에 강찬은 세상에서 가장 맛있는 음식을 본 것처럼 정신없이 먹었다.

김밥을 다 먹고 후식으로 과일을 먹는 동안 은서는 조금도 쉬지 않고 강찬에 대한 이야기를 떠들었다.

16강전에서 호투한 이야기와 8강전과 4강전에서도 오빠가 혼자 모든 타자를 아웃시켰다는 말도 안 되는 소식을 천연덕스럽게 말하며 기쁘고 자랑스러워 잠도 자지 못했다고 말했다.

아니라고 말하기엔 은서의 얼굴이 너무 밝았다.

예쁘고 사랑스러운 은서는 자신의 일이라면 언제나 온 정성을 기울여 편들어준다.

하지만 그것은 테레사 수녀님도 못지않았다.

"강찬아, 네가 너무 잘해줬다는 소릴 듣고 엄마도 무척 기뻤단다. 우리 강찬이가 싸움 대신 야구를 한다고 했을 때도 기뻤는데 이렇게까지 잘해주니 얼마나 대견스러운지 모르겠다."

"자꾸 그러지 마세요. 저 혼자 한 거 아니에요. 팀 선수들이 모두 열심히 해서 좋은 결과가 나타난 건데 그렇게 말하니 부끄러워져요."

"괜찮아, 그래도 난 자랑스러워할 거야. 오빠가 얼마나 열심히 노력했는지 내가 옆에서 똑똑히 지켜봤으니까 오빠는 칭찬 받아도 돼."

테레사 수녀는 강찬의 말을 넉넉한 웃음으로 받아들였지만 은서는 그렇지 않았다.

이제 제법 처녀티가 나는 은서는 강찬의 말을 부정하며 고집을 부렸다.

왜 그러는지 알기에 강찬은 더 이상 은서의 말을 꺾지 않았다.

은서는 언제나 강찬을 최고라고 생각하는 아이였다.

오랜만에 만났기 때문인지 시간은 금방 지나갔다.

10시까지 돌아오라고 했으니 지금 일어서지 않으면 늦는다.

"엄마, 선수 미팅이 10시에 있어서 들어가 봐야 해요."

"그러니? 그럼 얼른 들어가."

"오늘 경기장에 오실 거죠?"

"당연하지. 우리 아들이 나오는 결승전 보려고 새벽부터 달려왔는데 당연히 가서 응원해야지."

"어떡하죠? 전 출전 못 하는데. 어제 던졌기 때문에 오늘은 다른 투수들이 나가거든요."

"경기장에도 안 오는 거니?"

"아니에요, 경기장엔 저도 가요."

"그럼 됐다. 멀리서 네 모습만 볼 수 있으면 돼."

"알았어요. 그럼 이따 봐요."

강찬이 서둘러 자리에서 일어나자 은서와 테레사 수녀도 따라 일어섰다.

그들은 강찬이 경기장에 나가지 못한다고 얘기했는데도 전쟁터에 나가는 병사를 배웅하듯 손을 흔들고 있었다.

10시가 되자 선수들은 모두 숙소로 돌아와 훈련 준비를 하고 마당에 모였다.

오전 훈련은 춘천고에서 할 수 있도록 주최 측이 배려해 줬는데 선린정보고는 강원고에서 연습한다고 들었다.

숙소에서 춘천고까지는 불과 10분 거리였기 때문에 이동하는 데 어려움은 없었다.

버스에서 내린 선수들은 벌써부터 긴장하고 있는 것 같았다.

나름대로 가족을 만나고 돌아오면서 밝아졌던 얼굴은 어느새 긴장으로 굳어져 웃음기가 하나도 보이지 않았다.

하긴 선수들뿐만 아니라 최 감독도 마찬가지였다.

32년 만에 결승에 올랐으니 자신도 모르게 으슬으슬 떨릴 정도로 긴장이 되었다.

하지만 그는 감독이었고 선수들을 독려할 책임이 있는 사람이었다.

선수들이 정렬하자 최 감독은 그들의 앞에 서서 입을 열었다.

일부러 웃음을 짓지는 않았다.

어색한 웃음은 오히려 웃지 않는 것보다 못하기 때문이었다.

"오늘 우리는 꿈에서도 그렸던 대통령 배 결승전을 치르게 된다. 나도 그랬지만 너희들도 우리가 이렇게 잘할 줄 몰랐을 거다. 하지만 우리는 여기까지 왔고 마지막 승부를 남겨놓았다."

최 감독은 잠시 말을 멈추고 눈을 부릅뜬 채 자신의 말을 듣고 있는 선수들을 향해 일일이 눈을 맞췄다.

그런 후 천천히 말을 이어나갔다.

"너희들도 봤겠지만 언론에서는 선린정보고가 쉽게 우승할 거란 예상을 하고 있다. 전력의 차이를 분석해서 종합적으로 내놓은 결과라며 대통령 배 역사상 가장 싱거운 승부가 될 거라고 예상했다. 나는 그런 기사를 보고 한참을 웃었다. 우리가 아니라 광주고였다면 언론은 절대 그런 기사를 쓸 수 없었을 것이다. 그렇다면 광주고를 박살 내고 올라온 우리가 약하다는 근거는 뭐란 말이냐. 나는 그 기사를 보고 웃으면서 한편으로 화가 머리끝까지 치밀어 올랐다. 우리 학교가 최근 성적이 좋지 않았고 32년 만에 결승에 올라온 것이 그런 선입감을 갖게 만들었다면 반드시 그렇지 않다는 것을 보여주고 싶었다. 어떠냐, 너희들은 선린정보고가 두렵나?"

"아닙니다!"

"우리가 선린정보고한테 질 거라고 생각하는 거냐?"

"아닙니다!"

"그런데 왜 그렇게 어두운 표정을 짓고 있나. 우리는 절대 약하지 않다. 우리는 선린정보고의 강석곤과 쌍벽을 이룬다는 조경래를 박살 내고 결승에 올라왔다. 그러니 이현승이 아니라 강석곤이 올라와도 충분히 해볼 만하다. 그렇지 않은가?"

"그렇습니다!"

"좋다, 오늘은 1시간만 가볍게 몸을 푸는 것으로 한다. 먼저 러닝을 하고 수비 연습을 하겠다. 주장!"

"예, 감독님."

"인솔해서 10바퀴만 돌아라. 러닝이 끝나면 배팅볼을 치겠다."

"알겠습니다."

최 감독의 지시에 김종훈이 우렁차게 대답하고 선수들을 이열 종대로 정렬시킨 후 운동장의 바깥쪽으로 뛰기 시작했다.

그 모습을 바라보며 최 감독의 입에서 깊은 한숨이 흘러나왔다.

자신의 연설은 선수들의 얼굴만 봐도 충분히 먹혔다는 것을 알 수 있었다.

이제 남은 것은 정말로 선수들이 선린정보고와 후회 없이 싸우는 것뿐이다.

"저 괴물 같은 놈은 어디서 튀어나온 거냐?"

"하늘에서 툭 하고 떨어졌습니다."

30여 분간 베팅볼을 쳐 주고 선수들에게 몸을 풀라는 지시를 내린 후 스탠드로 빠져나온 최 감독에게 춘천고의 체육 교사이자 그의 대학 선배인 윤성환이 말을 붙여왔다.

그는 운동장 밖에서 훈련하는 모습을 지켜보다가 최 감독이 스탠드로 빠져나오자 강찬을 바라보며 물었다.

그 역시 미친 듯한 존재감으로 세광고를 결승까지 끌어 올린 강찬의 정체가 궁금했던 모양이었다.

질문에 농담으로 받아쳤던 최 감독이 윤성환의 어이없어하는 얼굴을 확인한 후 그동안의 일에 대해서 이야기해 줬다.

그러자 윤성환의 입이 벌어진 채 다물어지지 않았다.

하늘에서 떨어졌다는 말을 농담이라고 받아들였는데 막상 자세한 이야기를 들어보니 그것만큼 어울리는 말이 없었다.

그랬기에 그는 부러운 눈으로 최 감독을 바라보며 입을 열었다.

"너는 복이 많은 모양이다."

"복은 무슨요……."

"저런 놈이 몇 년 전에만 나를 찾아왔어도 춘천고 야구부가 해체되지는 않았을 텐데 정말 아쉽다."

부러움 끝에 남는 것은 아쉬움이었다.

그는 춘천고의 야구 감독이었으나 몇 년 전 야구부가 선수 부족을 이유로 해체되면서 체육 교사로 남았다.

그라고 어찌 자식 같은 선수들을 떠나보내고 싶었을까.

야구와 같이 살아온 인생을 누군가에 의해 접어야 했던 슬픔이 그의 얼굴에 고스란히 남아 있었다.

그럼에도 그는 금방 자신의 아쉬움을 털어내고 최 감독을 향해 웃음을 보였다.

"2시 반이라고 했지?"

"그렇습니다."

"응원 갈 테니까 열심히 해."

"고맙습니다, 형님."

"이번에는 꼭 우승했으면 좋겠다. 너도 이제 뜰 때가 됐잖아."

"쉽진 않겠지만 최선을 다할 생각입니다."

대통령 배 결승은 춘천 의암야구장에서 열렸다.

예선과는 다르게 엄청난 차이의 관중이 들어섰는데 그중 반은 응원을 나온 양측 학교의 학생들이었고 나머지는 동문들과 가족들, 주말 나들이 삼아 관람 온 야구팬들이었다.

대부분 양측 학교와 관련된 사람들이었으니 응원의 열기는 거의 광적일 수밖에 없었다.

은서는 테레사 수녀와 함께 좌측 세광고 응원석에 앉아 경기장을 내려다보았다.

결승전 식전 행사가 한창 진행 중인 경기장에는 양 팀 선수들이 도열한 채 춘천시장의 격려사를 듣고 있었다.

강찬은 마지막에서 세 번째 줄에 서 있었다.

멀어서 명확하게 얼굴이 보이지 않았고 전부 같은 유니폼을 입어서 확인하기 어려웠지만 은서는 금방 강찬을 찾아냈다.

어디 있든 찾아낼 수 있는 사람, 바로 내 오빠다.

어릴 적 무섭고 힘들 때마다 오빠는 내 곁에서 항상 나를 지켜줬다.

오빠와 다르게 나는 엄마의 얼굴을 기억했다.

엄마는 가면을 쓴 것처럼 굳어진 얼굴로 나를 지하철에 내버려 둔 채 바람처럼 사라졌다.

그때 내 나이는 다섯 살이었다.

두려움에 온 정신이 하얗게 변했다.

엄마를 잃어버렸다는 슬픔보다 손을 잡아온 낯선 사람들의 손길이 더 무서웠다.

울지 않으려 했으나 울지 않을 수가 없었다.

두렵고 무서워서 벌벌 떨며 소망원으로 왔을 때도 나는 거의 모든 시간을 눈물 속에서 보냈다.

아이들이 울보라며 놀리고 괴롭힐 때 오빠는 마치 백마 탄 왕자처럼 나타나 나를 보호해 줬다.

오빠는 다른 사람 앞에서는 잘 웃지 않는 사람이었다. 아마, 고아라는 사실이 오빠의 마음을 닫아놓은 것 같았다.

그런 오빠가 내 앞에서는 항상 웃었다.

말투는 부드럽고 자상했으며 내가 원하는 것은 무엇이든 해주려고 노력했다.

오빠의 사춘기는 너무 무서웠다.

거의 매일 싸우고 들어왔는데 그럴 때마다 상처 입은 짐승을 보는 것 같았다.

울면서 싸우지 말라고 부탁했다.

오빠의 아픔은 싸워서 해결되는 것이 아니라는 걸 어렸지만 나는 잘 알고 있었다.

그래서 오빠가 싸움 대신 공부하기를 간절히 바랐다.

하지만 오빠의 방황은 중학교 내내 계속되었고 결국은 고등학교를 가지 않겠다는 선언을 했다.

절대 그래서는 안 된다고 생각했다.

공부를 하지 않더라도 고등학교는 졸업해야 사람답게 살 수 있을 거라 생각했다.

학교를 가지 않겠다고 버티는 오빠 앞에서 많은 눈물을 흘렸다.

밥 먹을 때도 울었고 잠잘 때도 울었다.

오빠가 학교를 가겠다고 할 때까지 계속 울며 부탁하고 애원했다.

테레사 수녀님도 마찬가지 생각을 가지고 있었기 때문에 오빠를 만날 때마다 이야기했지만 한 번도 눈물을 보이지 않았다.

수녀님은 오빠가 학교를 계속 다닐 거라 믿고 있었던 모양이었다.

결국 오빠는 나와 수녀님의 바람대로 고등학교에 입학했는데 갑자기 야구를 하겠다는 선언을 했다.

오빠는 야구를 하겠다면서 지금까지 보지 못했던 환한 웃음을 짓고 있었다.

나는 야구에 대해서 잘 모른다.

그저 가끔가다 텔레비전에서 뉴스에 나오는 것 정도만 알았지 경기하는 방법조차 몰랐다.

오빠는 야구를 시작하면서 싸움과 완전히 담을 쌓았다.

정말 몰라보게 바뀐 오빠의 행동에 처음에는 눈물이 나도록 기뻤다.

하지만 어느 날 오빠의 눈에서 눈물이 흐르는 걸 본 이후로 무작정 기쁘지는 않았다.

야구는 생각했던 것보다 훨씬 힘든 운동인 모양이었다.

그때부터 야구에 대해서 공부하기 시작했다.

투수가 뭔지 포수는 뭐고 야수들은 뭘 하는 건지.

경기 방식과 규정을 공부했고 오빠가 한다는 투수의 훈련 방법과 훌륭한 투수들이 어떤 공을 던지는지도 책을 통해 알게 되었다.

오빠가 야구를 좋아한다면 나도 좋아해야 한다고 생각했다.

오빠의 노력은 정말 치열했다.

2년 동안 훈련을 하지 않은 것은 며칠 되지 않을 정도로 오빠는 미친 듯 노력했다.

그 모습에 마음이 아팠다.

고아로 자란 것에 대한 슬픔과 고민이 그 몸짓에 고스란히 담겨 있는 것 같아 옆에서 지켜보는 것만으로도 너무 힘들었다.

노력에 대한 결실이 없다는 것은 노력한 사람에게 죽고 싶을 만큼의 괴로움을 준다.

아마, 오빠도 그런 괴로움을 느껴왔을 것이다.

수많은 대회를 치르는 동안 오빠가 시합에 나갔다는 소리를 들은 적이 없었다.

오빠는 후보 선수로도 거론되지 않는 것 같았다.

그런데 어제 말도 안 되는 소식을 듣게 되었다.

오빠가… 오빠가 세광고를 결승까지 끌어 올린 주역이 되었다는 것이었다.

처음에는 거짓말이 아닌가 걱정도 했지만 시간이 조금 흐른 후부터는 무조건 그럴 것이라고 믿었다.

오빠의 노력이 어떠했는가를 아니까 당연한 결과라고 생각했다.

다른 사람들이 봤다면 웃을 일이었지만 그녀는 남의 시선을 의식하지 않았다.

그리고 오늘.

저기 사람들 속에 섞여 있는 오빠를 보고 있다.

나는 오빠가 저기 저 경기장에서 오빠의 꿈을 이루길 간절히 바란다.

오빠의 눈물이 웃음으로 변할 수만 있다면 나는 세상 모든 것을 가진 것처럼 행복할 수 있을 것 같았다.

식전 행사에 이어 춘천시장의 시구가 끝나고 드디어 대망의 결승전이 시작되었다.

금년 마지막 메이저 대회인 대통령 배의 주인이 이 경기로 가려진다.

동전 던지기에 의해 세광고가 먼저 공격하는 것으로 결정되었기 때문에 최 감독은 선수들을 둥글게 모아놓고 짧고도 강렬한 마지막 출정사를 꺼냈다.

"우린 오랜 시간 동안 이날을 기다렸다. 나는 너희들이 승부와 상관없이 후회 없는 경기를 했으면 좋겠다. 사내로서 야구를 사랑하는 사람으로서 너희들 스스로 부끄럽지 않도록 최선을 다하라. 자, 가자!"

최 감독의 계속되는 독려는 세광고 선수들의 얼굴에서 두려움과 긴장감 대신 불같은 투지를 심어주었다.

조금은 부패했고 조금은 현실에 타협하며 살아가는 이 시대의 중년인이었지만 최 감독은 야구만큼은 진정으로 아끼며 사랑하는 사람이었다.

그런 열정에 감염된 선수들은 1회부터 선린정보고의 선발투수로 나선 이현승을 집요하게 괴롭혔다.

최 감독의 지시에 의해 타자들은 공략할 공을 정하고 타석에 들어섰다.

예를 들면 1번 타자는 변화구를, 2번 타자는 직구를 노리는 식이었다.

일정한 틀 없이 최 감독의 지시에 의해 타석에 들어서는 타자들의 공략구가 정해졌기 때문에 이현승은 타자들의 패턴을 읽을 수 없었다.

또 하나의 특징은 세광고 타자들이 절대 빠른 타이밍에 승부를 걸지 않았다는 것이다.

끈질기게 기다렸고 자신이 원하는 공이 오면 망설임 없이 배트가 나갔는데 스트라이크존을 최대한 넓혀놓은 채 원하는 공이 오지 않으면 커트를 해댔다.

하지만 점수를 내기는 쉽지 않았다.

3회까지 3개의 안타를 뽑아냈지만 결정적인 순간에 삼진을 당하거나 땅볼 처리되면서 찬스를 살리지 못했다.

이현승은 매회 안타를 허용했으나 절묘한 컨트롤로 중요한 순간마다 위기를 벗어났다.

오히려 먼저 점수를 낸 건 선린정보고였다.

3회까지는 선발로 나선 손혁의 구위에 눌려 빈타에 허덕이던 선린정보고는 4회 들어서부터 손혁의 공을 공략하기 시작했다.

짧은 시간에 많은 투구를 했기 때문에 4회부터 손혁의 공은 위력이 급격하게 떨어졌는데 선린정보고의 타자들은 그때부터 손혁을 두들기기 시작했다.

연속되는 안타와 수비 실책이 겹치면서 선린정보고는 손쉽게 득점에 성공했다.

순식간에 2점을 뽑아낸 선린정보고의 사기는 하늘을 찌를 것처럼 높았지만 실점을 한 세광고의 분위기는 급격하게 다운되었다.

하지만 세광고에는 윤형만과 김종훈이 있었다.

선취 득점을 허용해서 벤치의 분위기가 가라앉았으나 그들은 5회 초 대반격의 신호탄을 쏘아 올렸다.

1사 후 이현승으로부터 2번 타자가 포볼을 골라나가자 윤형만은 특유의 선구안으로 끈질긴 승부를 펼친 끝에 2루타를 만들어냈다.

좌중간을 완벽하게 가르는 안타였다.

1루에 있던 주자는 전력을 다해 홈으로 쇄도했으나 이현승은 홈으로 송구된 공을 중간에서 커트하며 윤형만이 3루로 가는 것을 견제했다.

평상시에 수없이 연습했던 수비였기 때문에 선린정보고의 패턴 플레이는 완벽했다.

1사 2루.

동점을 만들어낼 수 있는 절호의 찬스였다.

그리고 김종훈의 최고의 슬러거답게 이현승으로부터 좌중간 안타를 때려냈다.

윤형만이 빠른 발을 이용해서 홈 플레이트를 통과하는 순간 최 감독과 세광고의 선수들이 만세를 불렀다.

단순히 득점을 했기 때문에 지른 환호성이 아니라 이현승 공략에 성공했다는 기쁨 때문이었다.

지금까지 산발로 끝나 버린 안타로 인해 득점에 성공하지 못하면서 이현승을 끌어내지 못했다.

회가 갈수록 짙어지는 불안감.

바로 패배의 어두운 그림자였다.

이현승이 무실점으로 계속 버틴다는 것은 세광고에 있어서는 절망에 가까운 것이었다.

선린정보고에는 초고교 급의 강력한 투수 강석곤이 있기 때문이었다.

준결승에서 70여 구만 던지고 내려간 강석곤은 여유 있게 연습 투구를 하며 세광고의 타자들을 향해 무력시위를 하는 중이었다.

죽이 되든 밥이 되든 최대한 빨리 강석곤을 등판시켜야 세광고는 마지막 희망의 불씨를 살릴 수 있는 상황이었다.

다행스럽게 김종훈의 안타로 득점을 만들면서 선린정보고의 감독은 이현승을 강판시키고 강석곤을 마운드에 올렸다.

대단한 무게감.

강석곤이 마운드에 올라서서 연습 투구를 하자 흥분으로 들떠 있던 경기장의 분위기가 싸늘하게 식어갔다.

팡… 팡!

단순히 연습 투구였음에도 포수 미트로 파고드는 그의 패스트볼은 뒤에서 대기하고 있는 세광고 타자들을 주눅 들게 만들 만큼 대단한 위력을 보여주고 있었다.

그런 분위기는 경기가 속개되면서도 바뀌지 않았다.

연습 투구보다 더한 속구가 무릎 쪽으로 낮게 파고들면서 타자의 배트를 꼼짝하지 못하게 만들었다.

연속되는 삼진.

5번과 6번 타자를 그는 불과 8개의 공으로 셧아웃시켜 버렸다.

득점에 성공하면서 세광고 쪽으로 넘어왔던 분위기는 강석곤의 등장과 함께 언제 그랬냐는 듯 선린정보고 쪽으로 흘렀다.

막강한 에이스란 존재는 이렇듯 경기의 분위기를 완전하게 반전시킬 만큼 중요했다.

손혁이 흔들리기 시작한 것은 그런 의미에서 어쩌면 당연한 것인지도 모른다.

오로지 경기에 집중하며 일 구 일 구에 혼신의 힘을 기울여야 했지만 그도 사람인 이상 강석곤의 존재를 의식하지 않을 수 없었다.

밀려오는 부담감과 책임감, 그리고 급격한 체력 저하가 그의 어깨를 무겁게 만들었던 것이다.

찬스와 위기는 번갈아 온다는 야구의 격언은 6회 들어오면서 여지없이 맞아들기 시작했다.

5회까지 산발 6안타로 버티던 손혁은 6회가 되면서 선두 타자를 포볼로 내보내더니 후속 타자에게 2루를 통과하는 안타를 맞고 말았다.

무사 1, 2루.

선린정보고에는 절호의 찬스였고 세광고에게는 위기의 순간이었다.

최 감독이 벤치에서 일어난 것은 손혁이 오른손 등으로 이마에서 배어 나온 땀을 훔칠 때였다.

연이은 등판.

예선부터 계속해서 출전한 그는 선린정보고 타자들이 주는 압박감을 이겨내기 위해 오늘 경기에서 전력투구를 해오고 있었다.

수준 높은 투수 조련사답게 그는 손혁이 한계에 도달했음을 정확히 간파했다.

아쉬웠지만 어쩔 수 없이 손혁을 강판시켜야 하는 상황이다.

그의 머릿속은 수없이 많은 고민을 거친 후 민윤기를 마운드에 올렸다.

민윤기는 패스트볼이 135㎞/h에 지나지 않지만 변화구는 오히려 어윤천보다 뛰어난 투수였다.

하지만 아무리 변화구가 뛰어나도 구속이 빠르지 않으면 그 효용성은 급격하게 떨어진다.

민윤기가 그 좋은 변화구를 갖고도 에이스가 되지 못하는 것은 바로 그런 이유 때문이었다.

그럼에도 지금 상황에서는 대안이 없었으니 어떡하든 민윤기가 이 위기를 막아주길 바랄 뿐이었다.

간절히 원하면 이루어진다고 했던가.

두 주먹을 불끈 쥐고 민윤기가 투구하는 것을 지켜보던 최 감독이 한숨을 내리쉬며 벤치에 주저앉았다.

바뀐 투수의 초구를 공략하라는 말이 머릿속에 박혔던지 선린정보고의 8번 타자는 무릎 쪽으로 뚝 떨어지는 커브를 받아쳤는데 타구가 3루수 직선타로 걸리면서 2루 주자까지 아웃되었던 것이다.

야구는 끝날 때까지 모른다고 하더니 정말 그 말이 실감나는 순간이었다.

무사 1, 2루가 순식간에 2사 1루로 변해 버렸다.

하지만 위기는 끝나지 않았다.

민윤기는 병살로 위기를 넘기는가 싶더니 9번 타자에게 안타를 얻어맞아 또다시 1, 2루에 주자를 만들었다.

숨을 깊게 들이쉬며 침착하려 노력하는 것이 보였으나 민윤기의 팔은 부자연스럽게 흔들리고 있었다.

고등학교 들어와 처음으로 맞는 결승전이었고 더군다나 구원으로 출전했다.

위기의 순간을 벗어났지만 그것은 온전한 자신의 능력으로 인해서가 아니라 상대방 타자의 도움 때문이었다.

최선을 다했지만 안타를 허용하자 다리가 후들거렸다. 공을 자신 있게 던지지 못하다 보니 제구가 되지 않았다.

아마 그것은 3할 5푼에 달하는 선린정보고 1번 타자와의 기 싸움에서 졌기 때문일지도 모른다.

안타에 이은 포볼.

제구가 되지 않아 공은 제 마음대로 빠져나갔고 타자는 배트를 한 번도 휘두르지 않은 채 기다렸다가 손쉽게 걸어 나갔다.

또다시 만루.

최 감독은 또다시 벤치에서 일어나 타임을 걸었다.

아무리 버티려 해도 버틸 수 없는 상황이다.

민윤기는 자신을 잃어버렸기 때문에 더 이상 투구를 할 수 없다.

자신감을 잃어버린 투수는 아무리 좋은 구질을 가지고 있어도 타자를 압도할 수 없다.

민윤기는 어찌 보면 세광고가 지닌 최후의 보루였다. 그가 강판된다는 것은 게임을 포기하는 것과 다름없는 것이었으나 최 감독은 마운드로 갈 수밖에 없었다.

이 정도로 흔들린 투수를 계속 가져간다는 것은 시합을 위해서나 민윤기를 개인을 위해서도 바람직하지 않기 때문이다.

이제 남은 투수는 허재윤과 유재규뿐이었다.

그러나 둘 다 1학년생이었고 아직 덜 가다듬어졌기 때문에 이런 중요한 경기에서 버텨내기는 어렵다.

그럼에도 대안이 없었다.

이제 남은 건 그들뿐이니 그나마 패스트볼의 구위가 좋은 유재규를 올릴 생각이었다.

그러나 그 생각은 그를 따라붙은 강찬에 의해 바뀔 수밖에 없었다.

5회부터 몸을 풀고 있던 강찬이 대뜸 마운드를 향해 가는 최 감독을 붙들었던 것이다.

강찬은 마치 자기가 출전이라도 할 것처럼 5회부터 몸을 풀었는데 앉아서 쉬라고 해도 말을 듣지 않았었다.

"감독님, 제가 나가겠습니다."

"안 돼. 너는 어제 120구를 던진 놈이다. 혹사시킨다고 사람들한테 나를 욕먹게 만들 작정이냐?"

"1학년들은 안 됩니다. 제가 던질 수 있습니다."

"안 된다니까!"

"결승전입니다. 언제 이런 기회가 오겠습니까!"

강찬의 결연한 눈빛에 최 감독의 눈이 흔들렸다.

그냥 해본 소리가 아니라 진짜 등판을 원하는 눈빛이었기 때문이었다.

강찬이란 패를 전혀 생각하지 않았었으나 막상 자진해서 앞으로 나오자 갈등이 물밀 듯 밀려왔다.

강찬이 제대로 된 구위만 구사해 준다면 충분히 해볼 만했다.

하지만 그는 오늘 마운드에 오르면 연속해서 3일 내리 등판하게 된다.

쉬운 결정이 아니었다.

아무리 강찬의 어깨가 강해도 3일 연속 등판은 어깨에 무리를 주고 구위를 급격하게 떨어뜨린다.

유혹.

마음을 흔들리게 만드는 것을 유혹이라고 하는데 강찬의 행위는 최 감독을 강력한 유혹에 빠뜨렸다.

마운드에 올리면 안 된다는 것을 알면서도 어떡하든 이 위기에서 벗어나고 싶다는 열망이 결국 그의 마음을 사로잡았다.

최 감독은 자신을 열심히 바라보는 강찬의 눈을 외면하고 천천히 등을 돌려 마운드로 올라갔다.

그런 후 손짓으로 강찬을 불렀다.

이기고 싶었다.

무리라는 것을 알면서도 강찬을 마운드에 올린 것은 이기고 싶다는 욕심이 그의 이성을 마비시켰기 때문일지도 모른다.

불과 하루 전 120구를 던진 투수를 다시 마운드에 올린다는 건 감독으로서 할 짓이 아니었지만 32년 만에 결승에 오른 학교의 염원을 생각한다면 어쩔 수 없는 일이라는 생각을 했다.

강찬이 천천히 뛰어와 마운드에 올라오자 김종훈과 윤형만도 모여들었다.

최 감독은 공을 정성스럽게 닦은 후 강찬에게 넘겨주었다.

그런 후 강찬과 모인 윤형만, 김종훈을 향해 작은 목소리로 입을 열었다.

"힘들지만 우리 최선을 다하자. 해볼 수 있는 한 끝까지 가 보는 거다. 어때, 할 수 있겠지?"

"할 수 있습니다."

"좋아. 강찬, 부탁한다."

최 감독이 강찬의 어깨를 두들겨 주고 경기장 밖으로 나가자 포수석으로 돌아간 김종훈이 두 팔을 번쩍 들고 괴성을 질렀다.

"아자자자!"

포수이자 주장인 그는 강찬에게 용기를 주기 위함인지 아니면 오랜 수비에 지친 야수들을 격려하기 위함인지 평소보다 훨씬 커다란 고함으로 파이팅을 외쳤다.

"강찬아, 가자!"

고함을 마치고 포수석에 앉아 미트를 손으로 팡팡 두들긴 김종훈이 강찬을 향해 던지라는 신호를 보냈다.

여전히 과장된 행동이다.

강찬은 그런 김종훈의 행동을 보면서 싱긋 웃었다.

왜 저런 행동을 하는지 너무나 잘 알기 때문이었다.

물론 긴장이 된다.

처음으로 결승전 마운드에 오른 신출내기 투수가 긴장이 되지 않는다면 말도 되지 않는다.

그러나 긴장만 되는 것이 아니라 불같은 투지도 같이 피어올랐다.

그는 선천적으로 담대한 성격을 지녔고 누구 못지않은 승부욕도 가졌다.

강석곤의 투구를 보면서 위압감을 느꼈지만 자신의 공이 그보다 위력적이지 않다는 생각은 한 번도 가지지 않았다.

왠지 모르게 강석곤의 공은 자신의 공보다 무척 가볍게 느껴졌다.

구속은 어쩔지 몰라도 구위로 따진다면 자신의 공이 훨씬 더 무겁다.

"후우!"

숨을 깊게 몰아쉰 후 연습구를 던졌다.

5회부터 가볍게 몸을 풀었기 때문에 어깨는 이미 축축히 젖어 있었다.

빠근했다.

4강전을 책임지면서 7회까지 전력투구했기 때문에 어깨는 돌덩이를 올려놓은 것처럼 무거웠다.

투구 수를 조절하지 못한다는 것은 에이스로서의 자격이 부족하단 것을 의미하는 것이었다.

변화구를 제대로 구사했다면 투구 수는 현저히 줄어들었을 것이고 어깨도 이처럼 혹사되지 않았을 것이다.

체인지업과 슬라이더, 커브를 패스트볼과 적절히 섞어 던지면 어깨를 보호하면서도 힘의 소모를 줄일 수 있고 훨씬 위력적인 투구를 할 수 있지만 아직 강찬은 그런 단계까지 오르지 못했다.

그럼에도 그의 패스트볼은 여전히 위력적이었다.

아직 젊다. 그래서 회복력도 빠르다.

불과 하루를 쉬었을 뿐인데도 그는 묵직한 직구를 연속해서 포수 미트로 꽂아 넣었다.

선린정보고의 2번 타자도 3할이 넘는 타율을 가지고 있었지만 그는 강찬의 패스트볼을 공략하지 못했다.

물론 김종훈의 지시로 변화구도 섞어 던졌지만 결정구는 패스트볼이었다.

그는 무릎 높이의 바깥쪽 속구에 배트조차 휘두르지 못하고 삼진을 당했다.

김종훈이 먼저 주먹을 불끈 쥐었고 강찬이 허공을 향해 어퍼컷을 날렸다.

2사 만루의 위기를 넘긴 그의 얼굴은 8월의 찬란한 햇살에 반사되어 밝게 빛나고 있었다.

2 : 2 동점.

6회의 위기를 무사히 넘겼으나 이번에는 야구의 격언이 통하지 않았다.

강석곤의 위력적인 투구에 뛰어난 타격을 자랑하는 세광고 타자들이 꼼짝하지 못했다.

7회부터 시작된 강석곤의 투구는 왜 메이저리그의 스카우터가 그를 보러 대한민국까지 왔는지 단적으로 보여줄 만큼 대단했다.

하지만 그건 강찬도 마찬가지였다.

강찬은 7회와 8회에 안타와 포볼을 하나씩 내줬을 뿐 거의 완벽에 가까운 투구를 하고 있었다.

난타전이 벌어지다가 갑작스럽게 투수전으로 게임이 진행되자 관중석은 오히려 더욱 달아오르기 시작했다.

경기는 끝을 향해 달려가고 있었지만 양쪽 투수의 위력적인 투구는 경기를 팽팽한 긴장감 속으로 몰아넣었다.

9회 말 수비.

결국 세광고의 타자들은 강석곤의 공을 공략하지 못하고 수비로 전환했다.

여기서 강찬이 무사히 막아낸다면 승부는 연장으로 넘어가게 된다.

그러나 상황은 좋지 않았다.

처음에는 괜찮은 것 같던 어깨가 점점 무거워져 왔다.

역시 16강을 치른 후 이틀을 쉬고 3일이나 계속해서 등판했더니 어깨에 무리가 간 모양이었다.

그럼에도 강찬은 어깨를 천천히 돌리며 들어선 타자와 눈을 부딪쳤다.

상대는 구원 등판해서 처음 마주쳤던 2번 타자였다.

그는 강하게 배트를 휘두른 후 타석으로 들어섰는데 눈빛이 생생하게 살아 있었다.

강찬은 허리를 세운 후 포수의 사인을 봤다.

김종훈의 패턴은 언제나 초구 스트라이크였다.

그리고 그것은 강찬도 원하는 바였다.

카운트가 유리해진다는 것은 그만큼 투구하는 데 여유를 가질 수 있다는 것을 의미하기 때문이었다.

더군다나 8회 말 수비를 끝내고 벤치에 들어갔을 때 최대한 빨리 승부하자고 합의를 본 상태였다.

김종훈은 강찬의 어깨가 좋지 않다는 것을 알고 있었기에 무리한 유인구를 요구하지 않았다.

초구를 패스트볼로 스트라이크를 잡았다.

몸 쪽으로 붙였는데 타자는 커브를 노리고 있었던지 꼼짝하지 않고 지켜만 봤다.

그랬기에 김종훈은 여지없이 바깥쪽 직구를 요구했다. 변화구를 노리는 타자에게 맞춰줄 이유가 없기 때문이다.

이미 한계치에 도달했기 때문인지 강찬의 공은 홈 플레이트에서 떠오르지 못했다.

거의 10㎝ 이상 떠오르던 강찬의 라이징 패스트볼은 9회 들어서 완전히 실종되었고 140㎞/h를 간신히 넘기는 속구로 변해 있었다.

타자가 손을 대지 않은 것은 여전히 변화구를 노리고 있었기 때문인 것 같았다.

2스트라이크가 되었음에도 타자가 얼굴에 웃음을 띠고 있는 것이 기분 나빴다.

그 웃음이 마치 너는 변화구를 던질 수밖에 없다고 말하는 것 같았다.

그의 커트플레이가 시작된 것은 3구부터였다.

나쁜 공은 내버려 두고 스트라이크로 들어오는 직구는 여지없이 걷어냈다.

변화구를 던질 때까지 걷어내겠다는 의도로 보였다.

직구의 위력이 떨어졌기 때문에 가능한 행동이었다.

김종훈도 괴로웠고 강찬은 더욱 괴로웠다.

직구의 위력은 점점 떨어져 갔지만 그렇다고 변화구를 줄 수도 없었다.

벌써 볼카운트는 풀이었다.

사인을 보니 김종훈은 몸 쪽 직구를 요구하고 있었다.

하지만 강찬은 고개만 끄덕인 후 공의 실밥을 틀어쥐었다.

이놈한테 지금까지 던지지 않았던 슬라이더를 던질 생각이었다.

워낙 제구가 안 돼서 가급적 던지지 않았고 빠질 염려가 있던 공이었지만 지금은 가장 효과적이란 생각이 들었다.

어차피 주자가 없으니 빠져도 상관없고 안 건드리면 포볼로 내보내도 된다.

하지만 놈은 배팅을 할 수밖에 없다.

계속해서 커트하던 게 몸에 배었기 때문에 이번에도 배트가 따라 나올 가능성이 컸다.

몸 쪽으로 가다가 급격하게 흘러나가는 슬라이더.

사정없이 빠져나가 폭투가 될 가능성이 있었지만 예리함으로 따지면 이 구질을 따라갈 공이 없다.

슬라이더는 직구와 거의 흡사하다.

구속은 5~10㎞/h 정도 차이가 나지만 홈 플레이트까지 도달할 때는 직구처럼 보이는 구질이 슬라이더다.

그랬기에 예리한 각도로 제구 되는 슬라이더는 타격이 무척 까다로울 수밖에 없는 변화구였다.

강찬의 예측은 다행스럽게 맞아들었다.

몸 쪽으로 파고들다가 급격하게 휘어지는 공을 타자가 직구인 줄 알고 커트했지만 공과의 거리는 형편없이 차이가 났다.

무려 10구 만에 잡아낸 삼진이었다.

무거워질 대로 무거워진 어깨를 돌리자 가슴까지 뻐근하게 아파왔다.

슬쩍 눈을 돌려 더그아웃을 바라보자 걱정 어린 시선으로 자신을 바라보고 있는 최 감독이 눈으로 들어왔다.

그의 시선은 온통 자신에게 향하고 있었다.

웃지 않았다. 그렇다고 걱정하지 말라는 시선도 보내지 않았다.

오직 이번 회까지 던지고 싶었다.

자신의 몸이 더 이상 버티지 못한다는 것을 스스로 알고 있었으니 9회가 끝나면 자진해서 최 감독에게 강판시켜 달라고 말할 생각이었다.

타석에 들어선 선린정보고의 3번 타자는 최성일이었다.

고교 최고의 타자.

그의 금년 시즌 평균 타율은 3할 8푼으로 황금사자기 MVP였으며 청룡기에서도 수위타자상을 차지한 바 있을 정도로 뛰어난 타자였다.

교타자이기도 했지만 가끔가다 홈런을 쳐 낼 정도의 펀치력도 가지고 있었는데 타자들 중에서 프로야구 스카우터들이 뽑는 영입 1순위로 꼽히는 천재 타자가 바로 그였다.

빅5에는 김종훈도 포함되어 있었지만 모든 대회에서 독보적인 능력을 보인 건 언제나 최성일뿐이었다.

그는 오늘도 3타수 3안타를 때려냈고 강찬에게서 안타를 때려낸 유일한 선수였다.

그가 들어서자 그동안 잠잠했던 선린정보고의 응원단이 미친 듯 열광하기 시작했다.

그만큼 그에 대한 기대감이 크다는 뜻이다.

강찬은 무거워진 어깨에 달려 있는 부담감을 털어내기 위해서 심호흡을 길게 가져갔다.

맹수는 서 있는 자세만 가지고도 연약한 동물에게 엄청난 위압감을 준다고 하는데 최성일이 꼭 그랬다.

바깥에서 빈 스윙을 휘두르고 타석에 선 그의 자세는 어떠한 공도 쳐 낼 것처럼 완벽했다.

하지만 강찬은 그의 눈을 지그시 노려본 후 천천히 와인드업을 한 후 가운데 한복판을 향해 직구를 던졌다.

칠 테면 쳐 보라는 심산이었다.

어차피 피할 수도 없는 막다른 상황이었고 어깨도 한계까지 왔기 때문에 그가 할 수 있는 것은 정면 승부밖에 없었다.

1구를 그냥 보낸 최성일이 강찬을 향해 씨익 웃었다.

그 웃음은 강찬의 무모함에 대한 질타가 담긴 것이었다.

그랬기에 강찬도 마주 웃어주었다.

무모한지 안다. 하지만 그게 지금의 나로서는 최선의 방법이란 걸 넌 모를 거다.

이마에서 물줄기처럼 흐르는 땀을 손등으로 훔쳐 내고 숨을 골랐다.

숨은 거칠어졌고 팔은 후들거리며 떨리고 있었다.

강찬은 2구를 몸 쪽 변화구로 던졌다.

볼을 던져서 유인하기 위해서였다.

하지만 공은 컨트롤이 안 되면서 한복판을 향해 밋밋하게 떨어지고 있었다.

아차 했지만 이미 늦었다.

딱!

최성일은 기다렸다는 듯 배트를 휘둘렀는데 정확히 맞은 공은 외야를 향해 쭉쭉 뻗어나갔다.

"와아… 와… 와!"

공이 담장을 넘어 홈런이 되자 긴장된 마음으로 기다리던 선린정보고 응원단이 펄쩍펄쩍 뛰었다.

끝내기 홈런.

야구에서 가장 흥분되고 짜릿하다는 끝내기 홈런이 고교야구 최고의 타자라는 최성일에게서 터져 나오자 관중들은 모두 자리에서 일어나 환호성을 보냈다.

그라운드에는 모두 뛰쳐나온 선린정보고 선수들이 홈 플레이트를 밟는 최성일을 환영하면서 함성을 질렀는데 그들은 서로를 축하하며 끌어안다가 뒹굴기도 했다.

그라운드는 순식간에 난장판으로 변했지만 우승의 기쁨은 그들의 난장판을 축제로 변하게 만들었다.

거칠 것 없는 질주.

고교야구 최강자로 선린정보고가 등극하는 순간이었다.

강찬은 마운드에 서서 날아가는 타구를 한참 동안 쳐다보다가 천천히 고개를 떨어뜨렸다.

공은 까맣게 날아서 담장을 훌쩍 넘어가고 말았다.

굿바이 홈런.

투수라면 누구나 경험하고 싶지 않았던 일이 거짓말처럼 자신에게 일어났다.

믿겨지지 않았고 고개를 흔들며 부인하고 싶었지만 슬픈 현실은 냉정하게 그를 향해 다가왔다.

최선을 다했으나 능력이 부족했기에 벌어진 결과였다.

어쩌면 그는 이런 결과가 있을 거라 예상하고 있었는지 모른다.

8회부터 움직이지 않는 팔을 부여잡고 억지로 버텨왔다.

이를 악물어 봤지만 한번 한계에 도달한 팔은 자신의 마음처럼 움직여 주지 않았다.

그럼에도 아쉬운 건 어쩔 수 없었다.

지고 싶지 않았으나 결국 졌고 그 분함에 눈물도 나왔다.

그러나 실망하거나 절망하지는 않았다.

자신은 완성형이 아니었고 아직도 그에게는 많은 시간이 남아 있었다.

이번 시합에서 뼈저리게 느꼈던 부족함을 동계 훈련 동안 보완한다면 내년 시즌은 더 잘할 수 있을 거란 자신감이 들었다.

그럼에도 슬픈 것은 막을 수가 없었다.

마지막 시합에서 우승을 간절하게 바랐던 김종훈과 윤형만이 땅바닥에 털썩 주저앉아 울고 있는 것이 보였다.

그들은 이제 한 번도 우승을 하지 못한 채 푸르른 청춘으로 땀을 흘렸던 고교 시절을 끝내야 한다.

미안했다.

선배들에게 우승을 선물하고 싶었는데 그렇게 하지 못한 것이 너무 아쉬웠다.

그들의 눈물과 자신의 눈물이 하나로 엮어지면서 하늘이 뿌옇게 흐려져 왔다.

마운드에서 내려오지 못하고 멍하니 서 있을 때 김종훈이 뛰어서 다가왔다.

그는 어느새 눈물을 훔쳐 내고 강찬을 향해 손을 내밀고 있었다.

"강찬, 오늘 대단한 투구를 해줬다. 울지 마라, 네가 잘못해서 진 게 아니야. 너 아니었으면 우린 여기까지 오지도 못했을 거다. 그래서 나는 눈물 나도록 네가 고맙다. 그만 들어가자. 감독님 기다리신다."

최 감독은 눈을 감은 채 한동안 뜨지 않았다.

이런 결과가 올 거란 예상을 했다.

8회부터 확연하게 구위가 떨어진 강찬으로서는 선린정보고의 클린업트리오를 막아내기 어렵다는 판단이 들었다.

그럼에도 바꿀 수 없었다.

강찬이 출전을 원하면서 그에게 보여주었던 신념 어린 눈빛과 경기 중에 자신에게 던졌던 걱정 말라는 시선이 가슴에 틀어박혀 있었다.

아니다.

그것만이라면 어찌 바꾸지 않았을까.

그에게는 남아 있는 패가 너무 약했고 어차피 시작한 것 여기서 끝장을 보자는 생각이 들었기 때문이다.

여기까지 온 것은 순전히 강찬으로 인해서였다.

그랬으니 그에게 마지막을 맡기고 싶었는지도 모른다.

결국 우려하고 걱정했던 일이 현실로 벌어지자 오히려 속이 후련해졌다.

두렵고 긴장되었던 마음은 모든 것이 끝나자 한순간에 침착함을 되찾았고 그때서야 선수들이 보이기 시작했다.

세광고 선수들은 누가 시키지도 않았는데 투수석으로 모여들어 서로를 위로하고 있었다.

자신보다 선수들의 아쉬움과 슬픔이 훨씬 더 크게 보였다.

그들의 눈에 들어 있는 눈물이 너무 맑아 바라볼 자신이 없었다.

그럼에도 천천히 걸어 그들에게 다가갔다.

최선을 다해준 선수들에게 고맙다는 말을 하고 싶었기 때문이다.

은서는 스탠드에 앉아 치마를 부여잡고 손을 부들부들 떨었다.

이미 오빠가 힘들어하고 있다는 것을 알고 있었다.

오빠는 정말 힘들 때 혀를 내밀어 입술을 축이는 버릇을 가졌는데 8회에 들어서면서 계속 같은 짓을 반복했다.

그러더니 결국 홈런을 맞고 말았다.

경기를 끝내는 홈런.

하지만 은서는 강찬에게서 눈을 떼지 못한 채 계속해서 그의 이름을 불렀다.

허탈하게 서 있는 오빠는 마치 넋이 나간 사람처럼 보였다.

누구보다 승부욕이 뛰어났고 담대한 성격을 가진 오빠가 슬픔을 참지 못하고 울고 있었다.

오빠의 이름을 부르며 같이 울었다.

잘되기를 간절히 바랐는데 오빠는 패배 앞에서 깊은 상처를 안은 채 서러운 눈물을 흘렸다.

테레사 수녀님은 울고 있는 은서의 어깨를 감싸 안은 채 입만 달싹여 계속해서 뭔가를 중얼거렸다.

강찬을 위한 기도를 하고 있는 게 분명했다.

그라운드에 모였던 세광고 선수들이 하나가 되어서 응원단 쪽으로 다가오고 있었다.

끝내기 홈런으로 인한 패배가 낙인이 되어 정적에 싸여 있던 세광고 응원단은 선수들이 다가오자 그때서야 함성을 지르기 시작했다.

졌지만 아름다운 패배였고 훌륭한 승부를 벌여준 선수들에게 보내는 마지막 응원이었다.

교장을 비롯해서 모든 선생님과 학생들이 선수들의 이름을 연호하며 연신 응원가를 불러댔다.

그들은 32년 만에 결승에 올라 학교의 명예를 빛내준 선수들에게 진정으로 고마움을 느끼는 것 같았다.

그러나 선수들은 그들의 마음을 쉽게 받아들이지 못한 채 고개를 숙이고 있었다.

패배의 충격을 미처 삭이지 못한 모습이었다.

강찬은 열의 중간에 서서 시선을 바닥에 둔 채 응원가가 끝나기를 기다렸다.

은서는 지금 누구보다 가슴 아픈 사람은 강찬이라고 생각했다.

다른 사람을 대신해서 패배의 굴레를 혼자 뒤집어썼으니 오빠가 너무 불쌍했다.

뛰어가서 작은 가슴에 오빠를 안아주고 싶었다.

오빠가 혼자서 아파하지 않도록…….

시즌이 끝나고 세광고는 준우승을 했지만 신문이나 방송에서는 선린정보고의 우승 소식만 아주 작게 보도했을 뿐이다.

세광고를 결승까지 끌어 올린 강찬은 물론이고 우승의 주역이자 텍사스에서 군침을 흘린다는 강석곤마저 언론에서는 단 한 마디도 언급하지 않았다.

이것이 고교야구의 현주소였다.

70년대 고교야구의 황금기에는 모든 것이 뉴스였고 화제였지만 지금은 결승전 소식마저 아주 작게 처리될 만큼 고교야구는 스포트라이트를 받지 못하고 있었다.

그 이유는 바로 80년대 초반부터 시작된 프로야구 때문이었다.

프로야구가 시작된 지 30여 년이 흐르면서 야구는 장족의 발전을 거듭했다.

초창기에는 괴물신인들이 프로야구판을 들었다 놨다 한 적도 있었으나 지금은 그런 경우가 거의 없다.

프로야구 선수들은 과학적이고 체계적인 훈련 프로그램을 오랜 기간에 거쳐 소화하면서 엄청난 기술 발전을 이뤘기 때문에 신인이 단숨에 그들 사이에서 두각을 나타낸다는 건 불가능에 가까웠다.

일례로 3년 전 10억 원이라는 거액의 계약금을 받고 자이언츠에 입단한 선병일은 아직까지도 2군에서 구슬땀을 흘리고 있었는데 그는 3년 전 서울고를 3관왕에 올려놓았던 괴물투수였다.

그런 실정이었으니 아무리 텍사스에서 군침을 흘린다는 강석곤이라도 언론의 관심을 끌어내기에는 부족함이 있었다.

언론 역시 예전의 언론이 아니었다.

옛날과는 확연히 다르게 현재의 언론은 냉정한 자세로 사태를 관망하며 결과가 나왔을 때서야 비로소 보도를 했다.

학습 효과가 있었기 때문이었다.

벌써 미국에 진출한 유망주는 이십여 명이 넘었으나 그들 대부분은 더블A 이하의 리그에서 훈련 중이었고 한둘 정도가 트리플A에서 활약하고 있었다.

스카우트되었다고 해서 단숨에 메이저리그에서 활약하는

것이 아니라 많은 시간을 마이너리그에서 훈련하며 기회를 봐야 된다는 뜻이다.

그리고 지금까지 그렇게 넘어간 투수 중에서 성공적으로 메이저리그에 데뷔한 선수는 하나도 없었다.

그런 실정이었으니 아무리 미국 프로 구단에서 스카우트하겠다고 떠들어도 국내 언론은 냉정한 시각으로 그들을 대했다.

싼값에 데려가서 실컷 부려먹고 안 되면 폐기 처분해 버리는 그들의 상술에 여러 번 속아봤기 때문이었다.

제7장 진화

금년 고교야구의 메이저 대회는 모두 끝났다.

주말 리그가 정착되면서 사라졌던 봉황기 대회가 내년부터 다시 시작된다고 알려졌지만 올해는 대통령 배를 끝으로 시즌이 마무리되었다.

대통령 배의 열기는 시간이 지나면서 금방 수그러들었으나 준우승의 실적을 바탕으로 8명의 3학년들은 모두 대학에 들어갈 수 있었다.

작년과는 완전히 다른 분위기였다.

사실 그들이 모두 대학에 들어갈 수 있었던 것은 준우승이란 타이틀과 더불어 윤형만과 손혁, 김종훈의 존재가 있었기 때문이었다.

세 사람은 모든 대학의 스카우트 대상이었기 때문에 얼마든지 나머지 선수들의 끼워 넣기가 가능했다.

최 감독이 투수들을 대상으로 본격적인 훈련을 시작한 것은 가을로 접어들면서부터였다.

핵심 주력 선수들이 졸업을 하게 된 이상 빠른 시간 내에 나머지 선수들로 다시 스쿼드를 짜야 한다.

윤형만과 손혁, 김종훈이라는 걸출한 타자들이 졸업을 하지만 세광고의 타선은 여전히 탄탄했다.

그 둘을 제외한다면 대통령 배에서 주전으로 출전한 1, 2학년이 여섯이었고 그중 3할을 친 선수는 3명이나 되었다.

문제는 역시 투수진이었다.

강찬이라는 예상치 못한 카드가 나타나면서 그나마 숨통이 트였으나 나머지 투수들이 역할을 해주지 못한다면 내년 시즌도 전망이 밝지 않았다.

에이스 역할을 해준 강찬도 마찬가지였다.

대통령 배에서 보여준 것처럼 오로지 패스트볼로 승부한다면 완투가 불가능했고 체력이 떨어지는 순간 여지없이 얻어맞게 된다.

그래서는 문제가 있다.

투구 수를 조절하고 힘을 분배하면서 완투할 수 있는 능력을 키워야만 제대로 된 에이스 역할을 할 수 있는데 강찬은 그것이 부족했다.

그에 따른 선결 조건이 바로 변화구였다.

변화구를 승부구로 쓰지 못한다면 강찬은 결국 그저 그런 투수로 남을 수밖에 없다는 게 최 감독의 판단이었다.

그랬기에 그는 투수들을 조련하면서 집중적으로 강찬을 훈련시켰다.

진정한 에이스로 거듭나기 위해서는 완벽한 변화구가 필요했기 때문이었다.

강찬의 일상은 언제나 똑같았다.

예전과 달라진 것이 있다면 이제는 물심부름을 비롯해서 잔심부름 하지 않는다는 것과 낮에도 운동에 전념할 수 있다는 것이었다.

대통령 배에 출전하면서 어느 정도 자신감을 얻었지만 부족한 것이 너무 많다는 것도 같이 얻었다.

그랬기에 강찬은 여전히 밤 시간과 새벽 시간에 훈련을 지속했다.

남들보다 늦게 시작했으니 남들보다 배는 더 노력해야 된다는 게 그의 생각이었다.

투수의 생명은 구속이고 가장 큰 무기는 언제나 패스트볼이라는 말을 수도 없이 들었다.

빠른 공을 던지기 위해서는 신체의 근육이 얼마나 조화롭게 발달되었는가가 가장 중요한데 어깨뿐만 아니라 허리, 그리고 다리의 근육도 골고루 발달되어야 한다.

강찬이 매일 2시간씩 서킷 웨이트트레이닝을 미친놈처럼

반복하고 있는 것은 바로 그런 이유 때문이었다.

그러나 그가 요즘 가장 크게 정신이 쏠려 있는 것은 바로 야간에 연습하는 변화구였다.

최 감독은 준우승의 여파가 끝난 9월부터 투수들을 따로 남겨 집중 훈련을 시켰는데 강찬은 그와 별도로 남겨 1시간씩 변화구를 가르쳤다.

그는 수준 높은 투수 조련사답게 투구의 원리부터 차근차근 설명해 주었다.

최 감독의 설명은 지금까지 강찬이 공부했던 것들을 체계적으로 간추렸기 때문에 금방 이해할 수 있을 만큼 쉬웠다.

"투수가 던지는 구질에는 크게 세 가지가 있다. 첫째는 패스트볼이고, 둘째는 변화구, 셋째가 체인지업이다. 네가 주로 던지는 패스트볼은 포심이라는 거다. 패스트볼에도 종류가 여러 가지 있는데 직선으로 오다가 타자 쪽으로 가라앉은 볼을 투심이라 부르고 직선에서 툭 떨어지는 공을 싱커라고 한다. 반대로 직선으로 오다가 치솟는 공이 바로 네가 던지는 포심이다. 그리고 좌우 횡 방향으로 변하는 속구는 컷패스트볼이라고 부른다."

"그럼 싱커나 컷패스트볼, 투심은 변화구로 볼 수도 있는 것 아닌가요?"

"그렇다. 하지만 분명히 지금 말한 구질들은 모두 패스트볼이다. 왜냐하면 투구의 속도를 줄이지 않기 때문이다."

"아, 속도로 구분을 하는군요."

"다음은 변화구다. 변화구의 종류에도 여러 가지가 있으나 나는 오늘 네가 집중적으로 익혀야 할 두 가지만 설명하겠다. 바로 커브와 슬라이더다. 이 두 가지도 가장 큰 차이는 속도로 보면 된다. 물론 커브는 종으로 변하는 것이고 슬라이더는 횡으로 변하는 것이지만 슬라이더는 직구처럼 보이다가 홈 플레이트에 도착해서야 변하기 때문에 타자들이 혼동하는 경우가 많다. 슬라이더가 커브보다 훨씬 빠른 이유는 바로 타자들을 속여야 하기 때문이다. 네가 시합에서 고전한 이유는 커브의 낙차가 밋밋했고 슬라이더가 전혀 말을 듣지 않아서였다. 오늘 이후로 너는 이 두 가지를 완벽하게 익혀야 한다. 내년 시즌이 오픈하기 전까지 익히지 못하면 대통령 배에서와 같이 또다시 당한다는 걸 잊지 마라."

"열심히 할 테니 염려하지 마십시오."

"마지막으로 남은 건 바로 체인지업이다. 체인지업을 변화구로 보지 않는 것은 모든 동작이 패스트볼과 똑같기 때문이고 구질 역시 마찬가지기 때문이다. 체인지업은 오로지 타자의 타이밍을 뺏기 위해 만들어진 구질인데 홈 플레이트에서 급격히 떨어지는 특성이 있다. 직구와 다른 점은 공을 던진 후 팔의 회전 속도가 느리다는 것과 공을 쥔 손을 최대한 느슨하게 잡는다는 것뿐이다."

"변화구와 다른 점은 뭔가요? 제가 봤을 때는 다른 점이 없어 보이는데요."

"가장 큰 다른 점은 무리하지 않고 체력 안배가 가능하다는 것이다. 전력으로 투구하지 않으면서도 패스트볼과 섞어 던지면 엄청난 효과를 볼 수 있다. 변화구는 손가락과 손목, 그리고 팔꿈치를 혹사시키기 때문에 많이 던질수록 선수생명을 갉아먹는다. 특히 슬라이더는 손가락 끝으로 채듯이 던져야 되기 때문에 팔꿈치 부상을 입는 경우가 많다. 하지만 체인지업은 그런 단점이 전혀 없다."

"그런데 왜 슬라이더를 많이 던지는 거죠? 이혁기 선배도 그렇고 손혁 선배도 주무기로 슬라이더를 썼잖습니까?"

"짧은 시간에 익힐 수 있기 때문이다. 단시간 내에 가장 큰 효과를 볼 수 있는 구질이 바로 슬라이더기 때문에 많은 선수들이 쓰고 있다. 너도 시합에서 써먹어 봤으니 알 것 아니냐."

"그렇군요."

"슬라이더가 무조건 나쁘다는 건 아니다. 완벽하게 제구된 슬라이더를 너처럼 빠른 패스트볼을 지닌 선수가 던지면 상대 타자들은 속수무책으로 당한다. 무리해서 많이 던지면 부상을 입을 염려가 있다는 것이지 던져서는 안 된다는 뜻이 아니다."

"알겠습니다."

"내가 오늘 너에게 설명해 주지 않은 구질들도 많다. 팜볼이나, 포크볼, 너클볼, 그리고 스크루볼 등이 있고 커브에도 파워커브니 너클커브니 슬러브라고 부르는 구종들도 있다. 하지만 지금의 너에게는 아무런 필요가 없는 것들이다."

"왜 그렇습니까?"

"너는 아직 어리다. 어린 나이에 필요 이상의 구질에 손을 대게 되면 자칫 부상을 입게 될 수 있고 가장 필요한 구질조차 익히지 못하기 때문이다. 그런 것들은 네가 성장해서 필요할 때 천천히 익혀도 된다."

"알겠습니다."

"나는 너에게 내년 시즌이 오픈되는 4월까지 8개월 동안 커브와 슬라이더, 그리고 체인지업을 집중적으로 가르칠 생각이다. 패스트볼에 대한 속도를 올리는 것은 네 몫으로 남겨두겠다. 다시 한 번 말하지만 8개월의 시간 동안 네가 어떻게 하느냐에 따라 너와 세광고의 운명이 갈라진다는 걸 명심해라. 나는 독하게 가르칠 생각이다. 그러니 너도 죽을 각오로 따라와라. 알겠나?"

"저는 이미 그렇게 살고 있습니다. 감독님, 걱정하지 마십시오."

최 감독은 강찬에게 한 약속을 지켰다.

그는 작정을 한 듯 끝없이 강찬의 자세와 릴리스 포인트를 가다듬었다.

커브의 떨어지는 각도를 더욱 크게 만들기 위해 손목의 강화 훈련을 매일처럼 반복시켰고 회전축을 극대화하기 위해 가장 높은 자세를 유지시키는 훈련을 반복했다.

그것뿐만이 아니라 속도의 변화에도 신경을 기울였다.

강찬이 시합에서 던진 변화구의 구속은 너무 일정해서 타자들이 노리고 들어오면 속수무책으로 당할 수밖에 없었다.

그랬기에 최 감독은 강찬에게 115㎞/h의 슬로커브와 120~125㎞/h의 중속 커브, 130㎞/h의 빠른 커브를 익히도록 요구했다.

제대로 된 커브를 쳐 낼 수 있는 타자는 거의 없다.

커브가 변화구의 제왕이라는 수식을 얻은 것은 그만큼 치기 어려운 공이기 때문이다.

현재 메이저리그를 완전하게 석권하고 있는 뉴욕 양키스의 볼튼은 패스트볼과 커브만 가지고 매년 20승에 가까운 성적을 올리고 있었다.

물론 그가 구사하는 커브는 일반적인 커브가 아니라 극강의 파워커브였지만 강력한 속구를 지닌 선수가 폭포수커브를 구사할 수 있다면 누구도 그의 공을 공략하기 힘들 것이다.

거기에다 낙차 큰 커브에 속도의 변화까지 더해지면 타자는 거의 손 놓고 삼진을 당하는 수밖에 없다.

타자도 인간인 이상 아무리 훈련을 통해 인지능력을 강화시킨다 해도 한계가 있기 때문이다.

그런 면에서 본다면 야구는 투수에게 절대적으로 유리한 게임이라고 볼 수 있었다.

그러나 최 감독이 가장 신경을 쓴 것은 다름 아닌 체인지업이었다.

어깨에 무리가 가는 것을 최소화할 수 있고 체력을 안배하는 데 탁월한 효과를 가진 체인지업은 강찬에게 무조건 장착시켜야 할 절대적인 무기였다.

상대적으로 다른 학교에 비해 투수력이 약한 세광고는 분명 내년 시즌에 들어서면 강찬에게 많은 게임을 의지해야 했다.

그러기 위해서는 강찬의 완투 능력을 극대화시킬 필요가 있었다.

체인지업은 속도의 조절을 통해 타자의 감각을 혼란에 빠뜨려 타격을 제대로 할 수 없게 만드는데 볼카운트 조절에 탁월한 효과가 있다.

더불어 투수의 어깨를 쉬어가게 만드는 완충 역할까지 하기 때문에 선발투수의 입장에서 본다면 반드시 익혀야 할 구질이었다.

누구나 두려워하는 패스트볼을 가진 강찬이 커브에 이어 체인지업까지 장착한다면 투구 수를 최소화하면서 효율적인 투구가 가능해진다.

따라서, 체인지업의 완벽한 습득은 최 감독이나 강찬에게는 절대 과제나 다름없는 것이었다.

무엇인가에 집중하는 사람에게는 시간의 흐름이 화살처럼 빠르다.

강찬의 시간이 그랬다.

그의 일과는 언제나 6시부터 시작되었다.

8시까지 2시간은 패스트볼의 구속을 증진시키기 위한 서킷 웨이트트레이닝에 집중했고 야구부 훈련이 시작되는 3시부터 6시까지는 전술 및 수비와 타격 등 팀 훈련에 동참했다.

저녁을 먹고 나서부터는 본격적인 피칭 훈련이 시작되었다.

물론 그때도 혼자 하는 훈련은 아니었다.

최 감독은 아주 작정을 했는지 11월부터 혹독한 동계 훈련 프로그램을 가동했는데 투수뿐만 아니라 야수들도 지옥 같은 훈련에 시달려야 했다.

대통령 배 준우승을 등에 업은 최 감독은 학교 측의 전폭적인 지원을 이끌어내 전례 없던 프로그램을 가동할 수 있었다.

실내체육관을 완벽하게 개조해서 야구부가 웨이트트레이닝을 할 수 있도록 기구들을 대폭 보충했고 겨울에도 훈련할 수 있게 보일러 시설을 보완했다.

그랬기에 저녁에도 연습 마운드에는 그를 포함해서 5명의 투수가 구슬땀을 흘렸다.

같은 3학년인 민윤기와 어윤천이 있었고 이제 2학년으로 올라온 허재윤과 유재규가 같이 훈련했는데 그들은 처음과는 달리 강찬을 살갑게 대했다.

10월부터 시작된 세광고 야구부의 훈련은 다음해 시즌이 개막되는 4월까지 한 번도 멈추지 않았다.

야구부 창설 이래 가장 혹독하고 지옥 같은 훈련의 연속이었다.

6개월간의 훈련은 시작이 달랐기 때문에 2년 가까이 서먹하게 지냈던 어윤천과 민윤기와의 관계를 완벽하게 개선시켜 둘도 없는 친구로 만들어주었다.

하긴 그들뿐만 아니다.

김종훈이 졸업하면서 주전 포수가 된 허창복과는 거의 부부처럼 같이 다녔다.

워낙 강도 높은 훈련 덕분에 같이 몰려다니며 우정을 키워나가지는 못했지만 그들은 야구라는 공통점 하나로 서로의 마음을 공유하며 한 몸처럼 행동했다.

하지만 그들조차 강찬의 노력을 따라오진 못했다.

늘 함께하는 것처럼 보였지만 강찬은 언제나 그들보다 일찍 나왔고 늦게 들어갔다.

커브가 서서히 자리를 잡기 시작한 것은 동계 훈련이 한창 진행 중이던 1월부터였다.

그동안 절치부심 이를 악물고 미친 듯이 노력한 결과는 시간이 지나면서 서서히 나타났는데 시즌이 시작되기 바로 직전인 3월이 되자 최 감독이 박수 칠 만큼 훌륭한 커브가 탄생되었다.

최 감독은 마무리 훈련을 통해 그의 커브를 속도별로 시험하면서 연신 기쁜 웃음을 멈추지 못했다.

강찬의 커브는 아직 완벽하다고 말할 수는 없었으나 고교야구에서 충분히 통하고도 남을 만큼 날카로워진 상태였다.

아직 시간은 남아 있었다.

전반기 주말 리그가 끝나고 황금사자기가 시작되는 6월까지는 3개월이 남았고 메이저 대회들이 몰려 있는 8월까지는 6개월이 더 남아 있었다.

강찬이 변화구를 익힌 것은 불과 1년도 되지 않았다.

그것도 6개월은 혼자 한 것이니 집중적인 코치를 받으며 훈련한 것은 6개월밖에 되지 않았다.

그런데도 이 정도의 커브를 구사한다는 것은 시간이 지나면 지날수록 훨씬 더 위력적인 투구가 가능하다는 걸 예상하게 만든다.

거기에 덧붙여 최 감독을 더욱 흡족하게 만든 것은 강찬이 체인지업을 완벽하게 구사하고 있다는 것이었다.

물론 프로야구의 유명한 투수들에 비하면 아직 햇병아리 수준이었지만 패스트볼에 이은 강찬의 체인지업은 거의 완벽해서 타자들이 꼼짝도 하지 못했다.

세광고의 주력 타자들이 못 친다면 고교야구의 어떤 타자들도 치지 못한다는 뜻이다.

유혁수, 천명훈, 안치영 등 이제 3학년으로 올라온 타자들은 작년 시즌 타율이 3할에 가까웠는데 특히 유혁수는 요즘 들어 거포의 본색을 드러내며 연습 게임에서 홈런을 수시로 때려내고 있었다.

그런 타자들이 강찬의 패스트볼과 커브, 체인지업을 대할 때마다 고개를 절레절레 흔들었다.

지금까지 대했던 어떤 투수보다 위력적이라는 게 그들의 공통된 이야기였다.

최 감독이 요즘 들어 즐거움에 밤잠을 이루지 못하는 이유는 또 있었다.

작년 대통령 배에서 맹활약했던 어윤천의 구위가 한층 발전했고 1학년이라는 제약 때문에 제대로 활약하지 못했던 유재규가 알을 깨고 나와 창공으로 비상하는 독수리처럼 위력적인 투구를 하고 있었기 때문이었다.

거기에다 민윤기의 변화구는 훨씬 정교해졌고 허재윤의 구위도 2, 3회는 충분히 막을 만했다.

이 정도라면 어느 학교의 투수력과 견줘도 꿀리지 않을 만큼 탄탄한 전력이었다.

그가 빨리 시즌이 개막되기를 기다리는 이유는 그 어느 때보다 우승에 대한 기대가 크기 때문이었다.

고교야구 주말 리그의 도입은 공부하는 선수를 키운다는 목적으로 시작되었다.

지역별로 구분되어 총 10개 리그로 운영되는데 그중 상위 3~4개 팀이 왕중왕전에 올라간다.

상반기 왕중왕전을 황금사자기라 부르고 후반기 왕중왕전은 청룡기라고 부르는데 그와는 별도로 개최되는 대통령 배는 6개 정도 더 많은 팀을 참가시킨다.

올해부터는 대회 수도 늘어난다.

주말 리그의 도입으로 폐지되었던 봉황대기가 금년부터 다시 부활하는 것으로 계획되어 있었다.

나머지 대회들이 예선을 거쳐서 올라오는 대회라면 봉황대기는 프로축구의 FA컵처럼 모든 팀이 참가하기 때문에 옛날에는 전국을 떠들썩하게 만들 정도로 큰 인기를 끌었던 대회였다.

70년대에는 봉화기 대회가 열릴 때 암표상이 들끓었고 표 구하기가 하늘의 별따기처럼 어려웠었다.

주말 리그는 풀 리그 방식으로 진행되며 전반기는 4월에, 하반기는 6월에 개최된다.

세광고가 포함된 충청권은 총 7개 팀이 포함되어 있었는데 전통의 라이벌인 청주고와 북일고, 공주고 등 고교야구의 강자들이 대거 포진하고 있었다.

전반기 주말 리그의 개막전은 세광고와 전통의 강호 북일고의 대결로 시작되었다.

봄의 기운이 물씬 풍기는 4월 1일 만우절 날이었다.

시합이 벌어진 경기장은 청주야구장이었기 때문에 전년도 대통령 배 준우승으로 잔뜩 고무된 세광고에서는 교장선생님을 비롯해서 수많은 응원단이 경기장을 찾았다.

1루 측 스탠드를 거의 메우다시피 한 세광고의 응원단은 텅 비어 있는 3루 측과는 극명하게 대비될 만큼 열광적인 응원전을 펼쳤다.

규칙에 따라 북일고가 선공이었기 때문에 세광고 선수들이 수비를 위해 그라운드로 들어서고 강찬이 마운드에 올라오자 응원단의 열기는 정점으로 치달았다.

대통령 배의 히어로 이강찬의 등장은 세광고 학생들을 열광의 도가니로 몰아넣었다.

그들은 어느새 강찬을 영웅으로 부르고 있었다.

시합이 시작되었고 그들의 바람처럼 강찬은 북일고의 타선을 완벽하게 제압했다.

패스트볼에 이은 변화구, 체인지업까지 그의 공은 북일고 타자들을 얼어붙게 만들 만큼 위력적이었다.

강찬이 결정구로 사용한 직구의 최고 스피드는 148㎞/h였는데 홈 플레이트에서 비행기가 이륙하듯 떠올랐기 때문에 타자들은 손도 대지 못하고 삼진을 당했다.

완벽한 라이징 패스트볼이었다.

거기다가 불쑥불쑥 구사되는 낙차 큰 커브는 타자들의 헛스윙을 유도했고 몸 쪽으로 들어오다 외곽을 꽉 채우며 떨어지는 슬라이더는 압권이었다.

더군다나 강찬은 타자를 상대할 때마다 체인지업을 하나씩 구사하며 스트라이크를 잡았다.

6회까지 18타자를 상대했으니 쉬어가는 투구를 18개 했다는 뜻이다.

그랬기에 그는 예전과 달리 생생한 모습으로 벤치를 향해 돌아왔다.

단 2개의 안타를 허용하며 6회까지 75구를 던진 그가 마운드에서 내려올 때까지 잡은 삼진은 무려 8개였다.

거의 완벽한 투구 내용이었다.

반면 타자들은 강찬의 완벽투를 뒷받침이라도 하려는 듯 1회부터 안타를 만들어내더니 매회 득점을 올렸다.

4번 타자인 유혁수와 포수인 허창복이 솔로 홈런을 때려냈고 천명훈과 안치영은 2안타씩 때려내며 공격을 이끌었다.

최 감독이 강찬을 교체한 것은 점수가 많이 벌어졌을 때 요즘 한참 구위가 좋아진 유재규를 시험해 보기 위함이었다.

실전에서도 훈련 때처럼 유재규가 공을 던져 준다면 세광고는 진짜 무시무시한 강팀이 될 수 있다.

그리고 그런 기대는 현실로 나타났다.

유재규는 빠른 속구와 변화구를 섞어가며 북일고 타선을 상대했는데 경기가 끝날 때까지 4개의 안타만 허용하며 무실점으로 틀어막았다.

최종 경기 스코어 6 : 0.

전통의 강호 북일고는 힘 한번 써보지 못하고 세광고의 제물이 되고 말았다.

일방적인 승리.

1루 쪽 스탠드를 가득채운 응원단은 열광에 휩싸였고 최 감독을 비롯한 선수들은 상쾌한 출발에 환한 웃음을 지었다.

하지만 그것은 세광고 돌풍의 전초전에 불과했다.

세광고의 원투펀치 이강찬과 어윤천은 번갈아가며 충청권 팀들을 압도했는데 최종전까지 한 번도 지지 않는 연승 행진을 거듭했다.

무려 6연승으로 왕중왕전에 진출한 세광고는 새로운 강자로 등극하며 야구 전문가들에게 가장 강력한 우승 후보로 손꼽히기 시작했다.

이글스의 스카우터 황인호가 스포츠내일의 야구전문기자 김혁을 이끌고 대전을 찾은 것은 4월의 마지막 주 일요일이었다.

둘은 수시로 만나는 친구 사이였지만 이렇게 일요일에 전화를 하는 건 드문 일이었다.

황인호의 전화를 받고 김혁이 아무런 이유조차 묻지 않은 채 집을 나선 것은 마누라의 잔소리에 질렸기 때문이었다.

마누라는 일주일에 한 번 쉬는 남편을 잠시도 쉬지 않고 들들 볶아댔다.

가장이라는 지위는 공휴일도 마음대로 쉬지 못하는 처량한 신세였으니 남편이란 이름을 가진 사내들은 모두 불쌍한 존재들이란 생각이 들었다.

경부고속도로를 쉬지 않고 달려왔지만 오산까지 막히는 바람에 대전야구장에 도착했을 때는 경기가 막 시작되려는 중이었다.

바로 강찬이 선발로 출전하는 세광고와 공주고의 최종전이었다.

공주고는 대통령 배와 청룡기 우승 경력이 있는 강팀으로 역대 전적도 세광고보다 훨씬 앞선다.

그들은 투수의 구질을 가장 잘 볼 수 있는 포수 뒤쪽 편에 자리를 잡았는데 워낙 관중이 없었기 때문에 늦게 왔음에도 넉넉한 자리를 마련할 수 있었다.

선발투수 이강찬이라는 자막을 확인한 김혁이 손에 든 커피를 한 모금 마신 후 황인호의 얼굴을 슬쩍 쳐다봤다.

그는 일요일까지 야구장에 매달리는 자신의 처지가 마음에 들지 않는 모양이었다.

"소주 사올까?"

"그러지 마라. 사진 찍혀서 SNS에 올라가면 너나 나나 다 죽는다."

"쩝, 요즘은 낭만이 없어 낭만이. 하도 지랄들 하니까 뭔 짓을 못 해요. 나 참 더러워서."

황인호의 제지에 김혁이 입맛을 쩍쩍 다시며 도로 제자리에 철퍽 주저앉았다.

그 모습에 타박을 했던 황인호가 불쌍하다는 표정을 지었다.

"이제 시작할 모양이다. 술은 이따가 마시고 일단 경기나 보자."

"저놈 예전보다 무척 여유 있어 보인다. 그렇지 않냐?"

"역시, 야구전문기자 김혁답다. 대충 보고도 정확하게 찍어내는구나."

"칭찬이지?"

"그럼……. 넌 이제 스카우터 해도 되겠다. 술만 조심하면 신문사에서도 성공할 텐데 내가 걱정이 태산이다."

"이놈이 죽을라고."

강찬의 연습 투구를 지켜본 김혁이 자신의 생각을 말하자 황인호가 고개를 끄덕였다.

그러면서 동시에 둘도 없는 친구답게 농담을 덧붙였다.

김혁이 눈을 부릅뜨고 장난스럽게 주먹을 들었다가 놀란 눈으로 멈춘 것은 강찬이 초구를 타자 몸 쪽으로 찔러 넣었을 때였다.

파앙!

포수 미트에 공이 박히는 소리가 마치 총을 쏜 것처럼 뒤쪽에 앉아 있는 그들에게 들렸다.

"헉, 저거 뭐냐!"

"와아, 저놈 대단하데. 그사이에 또 구속이 늘었어!"

경기가 시작되자마자 강찬이 작심한 듯 패스트볼을 구사하자 둘의 입이 동시에 벌어졌다.

강찬이 이번에 던진 공은 전광판에 148㎞/h로 찍혀 있었다.

초구가 그 정도 속도로 나온다는 건 몸이 완전히 풀리게 되면 더 빠른 구속이 나온다는 걸 의미했다.

"오늘 150㎞/h도 찍히겠다."

"그럴 것 같네. 작년에 145㎞/h였는데 그사이에 구속이 또 늘었어. 동계 기간에 저놈이 얼마나 열심히 훈련했는지 알 만하다."

"모르고 온 거냐?"

"뭘?"

"저놈 저렇게 된 거 미리 알고 온 거 아니었냐고!"

"몰랐다. 세광고가 5연승했다는 소릴 지인한테 듣고 모처럼 시간이 나기에 궁금해서 와본 거야. 내 눈이 틀렸지 않기를 바라면서."

"저 공 하나만 가지고도 이 경기는 보나마나다. 절대 저 공은 못 쳐. 이놈아 너 또 물건하나 건졌구나……. 헉!"

이번에도 김혁은 말을 다 마치지 못하고 신음을 내질렀다.

강찬이 던진 커브가 타자의 몸 쪽에서 툭 떨어지는 걸 확인했기 때문이었다.

상당히 낙차 큰 커브였기 때문에 타자는 멍하니 서서 배트조차 휘두르지 못하고 있었다.

"저거… 저거!"

"좀 조용히 해라 인마, 사람들이 보잖아."

"이게 조용할 일이냐. 저놈 저거 진짜 물건일세. 6개월 만에 저런 커브를 익힐 수 있는 거냐? 말해봐. 나 정말 몰라서 그러는 건데 저럴 수 있는 거냐고?"

"나도 믿기지 않는다."

"허어……. 정말 기가 막히군."

"저게 다가 아닌 모양이다. 벤치에 있는 감독이 당연하다는 표정을 짓고 있는 걸 보니."

"다른 게 또 있다는 뜻이냐?"

"봐라, 저것도 하잖아."

이제는 놀람을 감추고 정상으로 돌아온 황인호가 강찬이 구사한 체인지업을 보면서 눈빛을 세우고 있었다.

홈 플레이트에서 떨어지는 각도가 조금 밋밋할 뿐 타자의 타이밍을 완벽하게 뺏어버리는 체인지업이었다.

그랬기에 황인호는 안주머니에 고이 모셔두었던 메모장을 꺼내 들고 강찬의 이름이 적힌 페이지를 열었다.

그러고는 적기 시작했다.

투구가 진행되면서 강찬이 구사하는 투구의 패턴, 변화구의 특성과 부족한 점, 체인지업의 속도와 떨어지는 각도 등을 상세하게 적어나갔다.

물론 프로 선수에 비하면 부족한 부분들이 많은 변화구였고 체인지업이었으나 조금 전 150km/h를 찍은 패스트볼과 적절히 혼합되자 강력한 무기가 되어 타자들을 압박하고 있었다.

강찬은 5 : 0인 상황에서 7회 수비를 끝으로 마운드를 내려왔는데 안타 2개와 포볼이 1개였고 삼진은 6개를 잡아냈다.

강찬이 강판된 걸 확인한 황인호가 메모장을 접고 자리에서 일어났다.

그는 더 이상 볼 게 없다는 얼굴을 하고 있었다.

"김혁, 가자. 오늘 좋은 구경 시켜줬으니까 술이나 사라."

"네가 오자고 해놓고 왜 나보고 사라는 거냐?"

"이거 안 보여?"

"그게 왜?"

김혁이 뚱딴지 같은 황인호의 말에 입을 삐죽이다가 허공을 뱅뱅 돌고 있는 메모장을 보고 눈을 오므렸다.

황인호의 성격을 너무나 잘 알고 있기 때문이었다.

이놈은 가끔가다 재미없는 농담을 하지만 절대 허튼 짓거리를 안 했다.

그걸 증명이라도 하듯 황인호는 눈높이까지 치켜세웠던 메모장을 내려 김혁의 손에 쥐어주며 입을 열었다.

"이거 가지고 가서 내일 기사를 써라. 너는 고교야구를 평정한 초고교 급 괴물투수에 대해서 처음으로 기사화한 최초의 기자가 될 거다."

"장난하냐?"

"내가 장난하는 거로 보여? 장담하건대, 저놈은 분명 우리나라 프로야구를 대표하는 간판 투수로 성장한다. 그러니 나를 믿고 마음대로 휘갈겨 써도 돼."

제8장
누군가를 생각한다는 것은

대전에서 청주까지의 거리는 불과 1시간도 걸리지 않는다.

경기에 이긴 후 전용 버스를 타고 돌아오는 세광고 야구부원들의 얼굴에는 함박웃음이 들어 있었다.

6전 전승으로 왕중왕전에 진출했기 때문에 그들의 얼굴은 밝을 수밖에 없었다.

특히 승리의 주역들인 3학년들은 버스 뒤쪽에 몰려 있었는데 뭔가 모의를 하듯 머리를 맞대고 있었다.

"다시 말하지만 오늘은 한 놈도 빠지면 안 된다."

"당연하지. 난 그거 취소될까 봐 시합조차 제대로 못할 뻔했다."

"거 말도 안 되는 소리를 하고 있어. 어떻게 만든 미팅인데 그걸 취소해!"

"감독님이 저녁에 회식한다고 하면 어쩌지?"

"내가 미리 알아봤으니까 걱정 마. 오늘 감독님은 이사장님하고 교장선생님과 함께 저녁 먹기로 하셨어. 요새 이사장님 기분이 최고신가 보더라."

"그럼 다행이네. 그런데 약속 장소는 정해놨냐?"

"당연하지."

"어딘데?"

"중앙로에 있는 로즈마리. 6시에 만나기로 했다."

"장하다, 윤천이. 네가 최고다. 그런데 정말 예쁜 거 맞냐?"

"인마, 청주여고에서 제일 퀸카들만 나오기로 했다니까. 요즘 우리 인기가 하늘을 찌르잖아. 그래서 걔들도 최고만 나온다고 했어."

"흐흐… 기대된다."

민윤기와 허창복이 번갈아 급하게 질문을 하다가 어윤천의 대답에 둘러싼 놈들이 한꺼번에 늑대 웃음소리를 흘려냈다.

거의 7개월 동안 수도승처럼 오로지 야구장에 틀어박혀 훈련만 했더니 여학생이 어떻게 생겼는지도 잊어버릴 정도였다.

그랬기에 어윤천을 중심으로 모여 수군대는 그들의 얼굴은 기대감에 한껏 달아올라 있었다.

하지만 그런 분위기를 단숨에 깨버린 불한당이 나왔다.

바로 강찬이었다.

"난 오늘 안 된다. 동생 생일이라서 일찍 가봐야 돼."

"미친놈. 지랄한다."

말이 되는 소리를 해야 고운 소리가 나가지.

강찬의 말을 들은 어윤천의 입에서 단박에 침이 튀어나왔다.

오늘은 7 : 7로 인원까지 딱 맞춰놓은 상태였기 때문에 한 놈이라도 빠지면 미팅 자체가 흔들거릴 수밖에 없다.

더군다나 빠지겠다고 우긴 놈이 강찬이라면 더욱 안 될 일이었다.

요즘 대단한 주가를 올리며 영웅으로 등극한 강찬이 빠진다면 청주고의 퀸카들은 엄청난 실망을 할 게 뻔했다.

그랬기에 어윤천뿐만 아니라 다른 놈들까지 벌 떼같이 들고 일어나 강찬의 싸가지 없는 행동을 성토했다.

하지만 강찬은 요지부동이었다.

"정말이다. 동생이랑 7시에 약속을 해놔서 가봐야 된다. 다른 건 몰라도 동생 생일이야. 지금까지 난 한 번도 동생 생일을 거른 적이 없어."

"누가 생일 축하해 주지 말래? 미팅 끝나고도 충분히 해줄 수 있잖아!"

"은서가 오늘을 많이 기다렸어. 저녁도 같이 먹고 영화도 보기로 했다. 그래서 난 안 돼. 그러니까 그렇게 알아."

무언가 결정하고 다시는 바꿀 생각이 없는 사람의 얼굴을 확인하고 싶다면 지금의 강찬 얼굴을 보면 된다.

그만큼 강찬은 입을 굳게 닫고 더 이상 입을 열지 않았다.

방금 전까지만 해도 낄낄거리며 앞으로 다가올 청춘의 환희를 꿈꾸던 젊은 군상들이 한꺼번에 초상집에 들어온 상객들처럼 동시에 입을 닫아버렸다.

강찬이 저렇게 나온다는 건 변경될 가능성이 별로 없다는 뜻이다.

언제나 미친 듯 훈련하는 놈을 보면서 직접적으로 말을 하지는 않았지만 그 의지에 기가 질린 적이 한두 번이 아니었다.

보통 사람의 의지로는 상상할 수 없을 정도로 강도 높은 훈련을 강찬은 2년 반 동안 쉬지 않고 해왔다.

정말 야구에 미친 놈이 따로 없었다.

그런 놈이 훈련을 접고 집에 일찍 간 적이 있긴 하다.

바로 방금 전 놈의 입에서 나온 동생 은서가 아파서 앓아누웠을 때였다.

강찬은 은서의 일이라면 목숨처럼 여기던 훈련마저 접고 집에 가는 놈이었다.

그러니 이번 미팅은 물 건너간 거나 다름없다는 생각이 일행의 머릿속을 가득 채웠다.

화기애애했던 분위기는 금방 찬물을 뒤집어쓴 것처럼 싸늘하게 식었고 둘러앉아 있던 놈들은 말을 멈춘 채 차창 밖만 쳐다보았다.

물론 2학년 중에서 한 놈 데리고 나갈 수도 있었지만 이번 미팅의 목적을 생각한다면 말도 안 되는 일이었다.

오랜 고생 끝에 전승 우승이라는 좋은 결실을 맺었으니 친구들끼리 오늘 하루 즐겁게 놀아보자고 계획한 건데 강찬이 빠져 버리면 그 의미는 순식간에 사라지고 만다.

강찬은 세광고의 에이스였고 친구 이전에 정신적인 지주였기 때문이었다.

다른 놈들도 실망했겠지만 이 일을 주관했던 어윤천은 난감한 얼굴을 한 채 핸드폰을 만지작거렸다.

취소를 하게 되었을 때 당해야 할 일들이 머릿속에 떠올라 눈앞이 깜깜했다.

청주여고에 다니는 동갑내기 사촌 여동생을 간신히 설득해서 오늘 일을 계획했다.

여동생은 강찬이 나오냐는 질문을 수없이 했었고 그는 당연하다며 큰소리를 쳤었다.

강찬은 183㎝의 키에 운동으로 다져진 몸매가 훌륭했고 얼굴마저 잘생겼기에 근처의 여학생들에게는 상당한 인기를 얻고 있었다.

그런데 이 지경이 되어버렸다.

더군다나 다른 놈들까지 강찬이 가지 않겠다는 선언을 하자 전부 맥이 풀린 모습들이었다.

이런 상태라면 미팅에 나가도 즐겁지 않을 것 같았다.

어윤천이 옆에서 멀뚱거리며 앉아 있던 허창복을 향해 입을 연 것은 일행이 대화를 멈추고 한동안 침묵을 지키고 있었을 때였다.

"취소해야겠지?"

"그래라. 강찬이도 안 간다는데 우리끼리 하면 뭐해. 가도 재미없겠다."

"은서는 왜 하필이면 오늘 생일인 거야? 에잇, 절호의 기회였는데 아깝다, 아까워. 하지만 뭐, 다음 기회도 있을 테니까 그렇게 하자."

어윤천의 물음에 허창복이 손을 좌에서 우로 그으며 취소하라는 표시를 하자 그 옆에 있던 유혁수가 작은 목소리로 투덜거렸다.

유혁수는 오늘 미팅에 대해서 무척 기대하고 있었던 모양이었다.

하지만 그 역시 취소하자는 말을 부인하지 않았고 다른 친구들도 아쉬운 얼굴만 하고 있을 뿐 무언으로 동의를 했다.

그랬기에 어윤천은 입맛을 다시며 휴대폰을 꾹꾹 눌렀다.

사촌 여동생에게 오늘 사정이 있어서 미팅을 취소해야 되겠다는 전화를 하기 위함이었다.

그때 뭔가를 골똘히 생각하고 있던 강찬이 불쑥 입을 열었다.

그는 깊은 한숨을 몰아쉬었는데 뭔가 내키지 않는 게 있는 것 같았다.

강찬의 입에서 나온 것은 전혀 예상 밖의 내용이었고 친구들의 얼굴을 순식간에 활짝 펴도록 만드는 것이었다.

"좋아 간다. 그런데 조건이 있다."

"뭔데?"

"난 1시간만 있다가 일어설 테다. 더 이상은 안 돼. 은서가 기다리니까."

"정말?"

"대신 내 파트너는 너희들한테 방해가 되지 않도록 내가 데리고 나가겠다. 그렇게 하면 되겠어?"

"아이고, 그럼 되고말고."

강찬의 한마디에 풀이 죽어 있던 놈들이 한꺼번에 환호성을 질렀다.

갑자기 뒤쪽에서 커다란 함성이 터지자 앞쪽에 있던 최 감독이 자리에서 벌떡 일어나며 소릴 쳤다.

"야, 이놈들아. 무슨 일이야? 왜 이리 시끄러워?"

"감독님, 오늘 강찬이 동생 은서가 생일입니다. 그래서 생일빵 해준다고 합니다."

로즈마리는 청주 중앙로에 있는 커피 전문점이었다.

청주에서 가장 번화한 거리였고 중앙로를 중심으로 여러 학교가 모여 있었기 때문에 학생들이 가장 많이 찾는 곳이기도 했다.

학생들이 로즈마리를 미팅 장소로 잡는 것은 적당하게 좌석 배분이 된 룸 형식으로 꾸며져 있었기 때문이었다.

완벽하게 가려진 건 아니지만 적당히 다른 사람의 시선을 피할 수 있는 공간을 마련해 놓은 것이다.

중간에 차가 막혀 버스가 늦게 도착하는 바람에 미처 옷을 갈아입지 못한 강찬 일행은 운동복 차림 그대로 로즈마리에 들어섰다.

늦었으니 급하게 온 척이라도 해야 된다는 어윤천의 주장에 일행은 거의 백 미터를 전력으로 뛰어와 로즈마리에 들어왔을 때는 호흡이 거칠어져 있었다.

어윤천은 그런 친구들을 데리고 중간에 있는 룸을 향해 걸어갔다.

그곳에는 사촌 동생으로 보이는 여학생이 손을 번쩍 들어 올리고 있었다.

어윤천의 큰소리가 거짓말이 아니었음은 자리에 앉아 있는 여학생들을 확인하자마자 금방 알 수 있었다.

한눈에 봐도 눈에 번쩍 뜨일 만큼 예쁜 얼굴들이었다.

요즘 여학생들은 옛날 사람들처럼 미팅 장소에서 얼굴을 붉히거나 요조숙녀처럼 얌전하게 앉아 있는 경우가 거의 없다.

그녀들은 강찬 일행이 들어서자 얼굴에 환한 웃음을 띠며 반갑게 맞아주었는데 여학생들은 시선을 피하지 않은 채 들어서는 남학생들의 외모와 사이즈를 확인하고 있었다.

양쪽으로 나뉘어 자리에 모두 앉자 그때부터 어윤천의 말발이 좌중을 휘어잡기 시작했다.

그는 이런 상황과 분위기에 특화된 사람처럼 말 한마디로 여학생들의 웃음을 이끌어냈다.

정말 화려한 대화 능력이었다.

거의 모든 시간을 운동장에서 보냈던 놈이라고는 믿지 못할 만큼 그는 타고난 유머와 센스로 일행들을 소개했고 여학생들의 소개도 받았다.

모두 예뻤지만 자신을 황주희라고 밝힌 여학생은 그중에서도 특별했다.

별빛처럼 빛나는 눈과 오똑한 코를 가졌고 그 밑에 있는 입술은 촉촉하게 젖어 있었다.

뭐라고 설명해도 부족할 것 같은 아름다움을 가진 여학생이었다.

그랬기에 모든 늑대들의 시선은 언제나 돌고 돌다가 마지막에는 항상 그녀에게 머물렀다.

그녀가 보여주는 웃음은 맑고 예뻐서 사람의 마음을 저절로 환하게 만들고 있었다.

오늘의 대화는 당연히 야구가 될 수밖에 없었다.

아는 것이 야구밖에 없었고 여학생들도 야구에 민감한 반응을 보였기 때문이었다.

온갖 시시한 것들도 화제가 되어 웃고 떠드는 소재가 되었다.

하지만 여학생들의 관심은 서서히 강찬에게 몰려갔다. 세광고 전승의 주역이 강찬이란 사실이 노출되었고 탄탄한 몸매와 핸섬한 얼굴을 지녔기 때문에 여학생들의 관심을 받기에 충분했다.

특히 황주희는 어느 순간부터인가 강찬에게서 시선을 떼지 않고 있었다.

그녀는 자신의 관심을 숨기는 성격이 아닌 모양이었다.

웃고 떠드는 사이 시간이 흐르자 강찬이 어윤천을 바라보며 시계를 가리켰다.

미리 약속한 시간은 이제 10분밖에 남지 않은 상태였다.

그랬기에 어윤천은 자리에서 일어나 박수를 치며 일행들의 대화를 중지시킨 후 좌중을 향해 중대 발표를 했다.

"자, 여러분 주목. 지금부터 고대하고 기대하시던 파트너 추첨이 있겠습니다. 조금 고전적인 방법이긴 하지만 아주 단순하고 효과적인 소지품 선택으로 파트너를 정할게요. 저희들은 경기장에서 오느라 보시는 것처럼 소지품이 없습니다. 그러니 여자분들 소지품으로 선택을 하는 게 좋겠습니다. 이해해 주실 거죠? 그럼 남자분들은 잠시 눈을 감아주시고 여학생들은 가지고 있는 물건을 하나씩 꺼내주시면 감사하겠습니다."

어윤천은 말을 끝내놓고 자신도 자리에 앉아 눈을 감았다.

대신 사촌 여동생이 자리에서 일어나 여학생들의 소지품을 모자에 담았는데 자신의 것도 슬며시 넣었다.

신호에 따라 남학생들이 눈을 떴을 때 모자에는 여학생들의 물건들이 겹치듯 쌓여 있었다.

물건들은 핸드폰도 있었고 머리핀, 만년필 등 평소에 가지고 다니는 것들이 대부분이었다.

덩치 큰 허창복이 맨 앞에 있었다는 이유로 확보한 기득권으로 핸드폰을 꺼낸 후 차례대로 한 명씩 물건들을 집었다.

맨 마지막에 있던 강찬의 차례가 되었을 때 모자 안에는 신용카드 한 장만 달랑 남아 있었다.

어윤천은 시간이 없는 강찬을 배려하기 위함인지 시간을 끌지 않고 곧바로 파트너 선정에 들어갔다.

파트너 선정은 물건을 뽑은 역순으로 시작했는데 강찬이 신용카드를 들자 황주희가 기다렸다는 듯 손을 들었다.

그녀는 강찬을 보며 다행이라는 듯 환한 웃음을 짓고 있었다.

남자들도 실망한 얼굴이었지만 그건 여학생들도 마찬가지였다. 원하는 상대를 선택하지 못했다는 건 별로 유쾌한 일이 아니기 때문이다.

그럼에도 파트너 선정은 계속되었고 선정이 끝나자 자리를 재배치해서 파트너끼리 앉았다.

하지만 강찬은 자리에 앉지 않고 일어난 상태에서 친구들과 여학생들을 향해 입을 열었다.

미안해하는 표정이었지만 그렇다고 주눅 든 목소리는 아니었다.

"나는 중요한 일이 있어서 이만 가봐야 합니다. 분위기 깨는 것 같아서 정말 미안해요. 억울해하시거나 신경질 나신 분은 나중에 전화하십시오. 제가 커피 한잔 사겠습니다."

"정말이죠?"

"그럼요."

강찬의 농담에 허창복의 파트너로 선정된 단발머리 여학생이 장난 삼아 물었다.

그러자 강찬이 환한 웃음으로 대답한 후 말을 이어나갔다.

"여기 주희 씨는 제가 납치해 갑니다. 어차피 혼자 남아도 독수공방 신세일 테니까요. 괜찮겠죠?"

"아직도 안 갔냐. 시끄러우니까 얼른 가라."

어윤천이 빨리 사라지라는 듯 등을 떠밀자 강찬이 웃으면서 황주희에게 가자는 신호를 보냈다.

로즈마리를 빠져나온 두 사람은 버스 정류장을 향해 같이 걸었다.

황주희는 미리 이야기를 들었음에도 이렇게 빨리 헤어지는 것이 별로 마음에 내키지 않는 얼굴이었다.

말주변은 없어도 마음까지 못 읽는 것은 아니었기에 강찬이 미안한 얼굴을 지었다.

"화났어?"

"조금."

"아까도 이야기했지만 오늘 중요한 일이 있어서 가봐야 돼. 미안해. 나중에 내가 전화할게."

"아니, 내가 할 테니까 네 전화번호 줘."

같은 학년에 같은 나이었기에 둘은 로즈마리에 있을 때부터 말을 놓았다.

청춘들은 말을 어렵게 하거나 높이는 걸 매우 싫어하는데 요즘 세대가 그랬다.

비밀번호를 풀어 핸드폰을 건네는 황주희의 얼굴을 바라보며 강찬은 어쩔 수 없다는 듯 고개를 흔들었다.

강단 있는 여자다.

먼저 전화를 하겠다는 것은 기다리는 것을 싫어한다는 뜻이고 성격도 적극적이란 걸 알려주는 것이었다.

그랬기에 그녀의 손에서 핸드폰을 건네받아 자신의 전화번호를 찍은 후 돌려주었다.

그러면서 황주희를 향해 꼭 해야 할 말을 꺼냈다.

"나에 대해서 잘 몰라서 실수할 수도 있겠다. 그런데 전화하기 전에 이건 알아두는 게 좋을 것 같아. 밤 10시 이후에는 전화하지 마. 고아원은 10시가 넘으면 전부 잠을 자거든."

"무슨 뜻이니?"

"말을 못 알아들은 모양이구나. 내가 고아란 뜻이다. 부모가 없는 사람을 고아라고 부르지. 나는 어릴 때 부모에게 버림받았기 때문에 고아원에서 자란 사람이다. 그래도 괜찮으면 전화해. 대신 방금 말한 것처럼 10시 이전에 해야 돼. 조금이라도 꺼려지면 전화 안 해도 돼. 널 원망하는 짓 같은 건 하지 않을 테니까."

"쿨해서 좋네. 기다려, 전화할 테니까."

"그런 거에 신경 안 쓴다는 거냐?"

"우리가 결혼할 사이도 아닌데 그게 무슨 상관인데. 난 그저 네가 마음에 들어서 사귀고 싶었을 뿐이야. 그러니까 그런 소린 다시 안 들었으면 좋겠어."

"특이한 건지, 이상한 건지 잘 모르겠다."

"특이한 것도 이상한 것도 아니야. 그저 아직 우린 그런 걸 따질 때가 아니란 걸 말했을 뿐이야."

"다행이다."

"내가 할 소리야. 너랑 파트너가 돼서 너무 기분 좋아. 너 그거 알아?"

"뭘?"

"사실 그 신용카드 내 꺼 아니었어."

"무슨 소릴 하는 건지 모르겠네. 그럼 그건 누구 건데?"

"내 옆에 앉아 있던 선영이. 그런데 네가 그걸 잡는 순간 내가 간절하게 부탁했어. 소원을 하나 들어줄 테니까 바꿔달라고."

"미치겠네."

"그만큼 네가 마음에 들었다는 뜻이야."

"고맙다, 그렇게 잘 봐줘서."

"그러니까, 전화 잘 받아. 조만간 내가 전화할 테니까."

"그래 알았다. 그런데 전화가 안 될 때도 있어. 시합을 하거나 훈련을 할 때면 전화를 라커룸에 넣어놓거든."

"알아. 대신 부재중 전화 확인되면 총알같이 전화해. 그럼 봐줄게."

"사는 게 어려워지겠다."

"원래 그래. 여자 사귀면."

"다 왔다. 너도 여기서 타냐?"

"응. 그런데 하나만 물어도 돼?"

"뭔데?"

"그렇게 중요한 일이 뭐니?"

"얼굴에 궁금하다고 계속 쓰여 있었던 게 그거였어?"

"맞아."

"오늘 동생 생일이야. 축하해 주기로 약속해 놨었거든. 그래서 가는 거야."

"여동생?"

"응."

"친동생이야?"

"아니……. 고아원에서 같이 자란 아이야. 하지만 친동생만큼 소중해."

"…그렇구나."

"버스 왔다. 나 먼저 갈 테니 나중에 전화해."

"잘 가."

도착한 버스를 향해 달려가는 강찬을 향해 황주희가 가볍게 손을 흔들었다.

하지만 그녀의 손은 버스가 떠나자 곧 멈췄고 시선만 버스를 따라갔다.

뭔가 마음속에 자리한 찜찜함이 그녀의 머리를 무겁게 만든다.

그게 뭔지 정확하게 알 수 없었으나 이상한 감각은 그녀를 찜찜함 속에서 벗어나지 못하게 만들고 있었다.

강찬이 은서와 약속했던 제과점에 들어섰을 때는 약속 시간보다 30분이 지났을 때였다.

화가 잔뜩 나 있을 것이란 예상과는 다르게 은서는 해맑은 웃음을 띠며 반겨줬는데 그 이유는 금방 나타났다.

어쩐지 조금 늦는다고 전화했을 때도 그녀는 전혀 아무런 타박도 하지 않았었다.

은서가 잡아놓은 자리로 가자 세 명의 여고생이 자리에서 발딱 일어나는 것이 보였다.

"애들이 하도 보고 싶다고 해서 어쩔 수 없었어. 미안해 오빠."

"미리 말이라도 해주지 그랬어. 그랬으면 너 창피하지 않게 멋지게 입고 나왔을 텐데."

"오빠는 운동복 입었을 때가 가장 멋있어."

작은 목소리로 중얼거리듯 말한 은서가 서둘러 친구들에게 향했다.

이제 고1이 된 여고생들은 강찬이 다가서자 어쩔 줄 모르며 얼굴을 붉혔는데 인사를 하자 입에서 비명 소리 비슷한 것이 나왔다.

새내기 여고생들의 한계다.

아직 어렸고 그랬기에 누구보다 순수했다.

은서의 친구들은 강찬에게 사인을 받은 후 이것저것 묻다가 30분이 지나자 시계를 보더니 자리에서 일어났다.

아마 은서와 미리 약속해 놓은 것이 있었던 모양이었다.

친구들이 나가자 그때서야 은서가 강찬을 빤히 바라보았다.

"오빠, 왜 늦었어?"

"친구들하고 어디 잠깐 들렀어."

"어딜?"

"응, 창복이가 자기 여자 친구 선물 산다고 같이 가자며 어떻게나 졸라대던지… 그래서 할 수 없이 따라갔다 왔어."

"창복 오빠가 여자 친구 있어?"

은서가 놀랍다는 듯 눈을 동그랗게 떴다.

허창복은 임무가 포수다 보니 강찬과는 항상 붙어 다니는 사이였고 소망원에도 여러 번 와본 적이 있었기 때문에 은서도 잘 알고 있었다.

덩치는 커다랗고 얼굴도 그리 잘생기지 않았는데 여자 친구가 있다고 하니 믿기지 않은 모양이었다.

강찬은 은서의 놀라는 얼굴을 보고 흠칫했다.

얼떨결에 거짓말한 것이 너무 무리한 거짓말을 했다는 후회가 밀려왔다.

나중에라도 은서가 허창복에게 묻기라도 한다면 낭패도 이런 낭패가 없으니 당장 내일이라도 창복의 입단속을 해놓을 필요가 있었다.

"오빠도 내 꺼 샀어?"

"응?"

"창복 오빠가 선물 사는 데 따라갔다며. 오늘 내 생일인데 아무것도 없어?"

"어……. 그건 그런데, 난 돈이 없어서……."

"칫, 그래서 그냥 왔구나."

"미안."

"괜찮아 오빠. 장난한 거야. 우리 오빠 가난한 거 내가 세상에서 제일 잘 아는데 뭘. 나중에 돈 많이 벌면 그때 은서 좋은 거 사줘. 알았지?"

"그래도 서운하지 않아?"

"오빠가 내 친구들한테 사인해 줬잖아. 나한테는 그게 엄청 고마운 선물이야."

"넌 어쩌면 그렇게 착하니. 바보야, 생일이잖아. 그러니까 오빠한테 선물 사달라고 떼써도 괜찮은 날이다."

강찬은 아련한 눈길로 은서를 보다가 운동 가방에서 주섬주섬 먼가를 꺼내 들어 은서의 앞으로 내밀었다.

예쁘게 포장된 상자였다.

"이게 뭐야?"

"뜯어봐. 고등학교 입학했는데 아무것도 선물해 주지 못해서 너무 미안했어. 오빠가 큰맘 먹고 산거니까 언제든 가지고 다녀야 해."

은서는 강찬이 말을 하고 있었어도 고개를 들지 않은 채 상자만 노려보고 있었다.

한동안 움직이지 않던 은서가 주춤주춤 손을 내밀어 힘겹게 포장지를 풀었다.

그런 후 상자를 열어 내용물을 확인하고 석상처럼 얼어붙었다.

그녀는 입에서 알아듣지 못할 말을 중얼거리고 있었는데 어찌 들으면 기도하는 것처럼 들리기도 했다.

한참을 꼼짝하지 않고 움직이지 않던 그녀가 손을 내밀어 상자를 감싼 것은 종업원이 그들이 앉은 탁자 사이로 지나갈 때였다.

은서는 누군가가 상자를 건드리기라도 할 것처럼 기겁을 하며 상자를 두 손으로 꼬옥 감싸 안았다.

"오빠, 이거 진짜 금이야?"

"아니, 도금이야."

"하긴 오빠가 무슨 돈이 있겠어, 그래도 너무 예쁘다. 오빠가 채워줘야겠어. 나 이런 목걸이 처음 해봐서 잘 못하거든."

"알았어."

강찬은 자리에서 일어나 십자가가 달린 목걸이를 상자에서 꺼내 들었다.

은서에게는 도금이라고 했지만 이건 진짜 금이었다.

그동안 용돈을 아껴서 모은 것과 친구놈들에게 몇만 원씩 각출했고 최 감독을 협박해서 삼진을 잡을 때마다 만 원씩 달라고 떼를 썼다.

선발로 4번 출장하면서 25개의 삼진을 잡아냈기 때문에 최 감독은 입맛을 쩍쩍 다시며 돈을 주면서도 웃음을 잃지 않았다.

그만큼 강찬을 믿기 때문이었을 것이다.

3년 동안 운동밖에 몰랐고 굳은 심지와 평소의 행동으로 봤을 때 강찬은 그 돈으로 엉뚱한 짓을 할 놈이 아니라는 걸 너무나 잘 알고 있었다.

강찬이 목걸이를 들고 등 뒤로 돌아가자 은서가 두 주먹을 꼭 쥐고 몸을 경직시켰다.

세상에서 가장 믿고 의지하며 사랑하는 오빠가 자신의 목에 목걸이를 걸어주는 이 순간을 그녀는 영원히 잊지 않으려 했다.

강찬이 맞은편에 앉자 은서가 자신의 목에 걸린 목걸이를 바라보며 꿈결처럼 중얼거렸다.

"오빠, 나 이거 죽을 때까지 벗지 않을 거야. 내 생명이 다하는 날까지 꼭 간직할게."

스포츠내일의 편집장 신성록은 김혁이 들고 온 기사를 보며 한숨을 내리쉬었다.

스스로 베테랑이라 우겼고 남들도 그리 불러주는 김혁이 요새 자신한테 왜 이러는지 모르겠다는 표정이었다.

김혁은 스포츠내일이 심층적으로 보도하고 있는 화제의 인물란에 새파랗게 어린 놈을 물고 들어와 자신을 괴롭히는 중이었다.

도대체 이해할 수 없는 일이었다.

화제의 인물에 실리는 사람들은 국내외를 망라해서 한 시대를 풍미한 스포츠 스타들을 소개하는 일종의 특집 기사였다.

물론 야구뿐만 아니라 모든 종목을 포함하는 것이었다.

지금까지 수많은 스포츠 스타들이 소개되었지만 아직도 남은 스타들은 밤하늘의 별처럼 셀 수없이 남아 있는 상태였다.

그런 마당에 불쑥 고등학교 투수를 소개하자고 들고 온 김혁이 곱게 보일 리 만무했다.

"너 왜 이러냐. 내가 아무리 대학 직속 선배고 같이 돼지갈비 뜯는 사이라고 해도 이건 너무 한 거 아냐?"

"형님, 일단 읽어보시고 말씀하시죠."

"읽는 건 나중에 할 테니 먼저 말해봐. 누구한테 뇌물 먹었냐?"

"형님!"

"여기 회사야 인마. 어디서 소리 지르고 지랄이야. 그리고 일할 때는 편집장이라 부르라고 몇 번이나 말해!"

"좋습니다, 편집장님. 저 3년 전에 경고 먹은 후로 뇌물 같은 거 끊은 지 오래됐습니다. 이건 오로지 오랫동안 야구를 취재했던 기자로서의 감 때문에 만든 겁니다."

"정말이냐?"

"그렇습니다."

"좋다, 그럼 알아듣게 처음부터 천천히 말해봐. 충분한 이유와 일리가 있다면 생각해 보마."

"놈을 처음 본 건 작년 대통령 배에서였습니다……."

김혁이 강찬을 보게 된 경위와 최근에 대전에 갔던 이야기까지 끝낸 후 황인호의 평가까지 덧붙이자 처음에는 시큰둥했던 신성록의 표정이 슬쩍 변했다.

말로는 빽빽거렸지만 김혁은 타고난 야구전문기자의 감각을 가지고 있는 후배였고 황인호는 자타가 공인하는 최고의 스카우터 중 한 사람이었다.

그런 둘이 침을 튀기며 칭찬을 했다는 건 강찬이란 놈이 뭔가 있다는 것을 알려주는 것이었다.

더군다나 지금까지 레전드 급으로 올라선 스타들만 소개해 왔기 때문에 유망주를 소개해서 잭팟을 터뜨릴 수만 있다면 충분히 해볼 만한 모험이었다.

물론 그 반대라면 박살이 나겠지만 말이다.

그랬기에 신성록은 눈을 오므리고 한참을 고민 끝에 김혁을 노려봤다.

"좋다, 네가 하도 우겨대니 한번 해보자. 하지만 이건 알고 있어야 될 거다. 놈이 올해 각종 대회를 휩쓴다면 내가 너한테 룸싸롱 가서 거나하게 쏜다. 대신 성적이 시원찮아서 윗분들이 신경질 내거나 잔소리한다면 넌 시말서 쓸 각오해. 어떠냐, 그래도 할 테냐?"

"하겠습니다."

제9장
뜻밖의 일격

대한민국을 사로잡는 3대 스포츠 신문 중 하나인 스포츠내일에서 강찬의 기사가 떡하니 걸린 것은 황금사자기가 시작되기 일주일 전이었다.

화제의 인물란에 기재된 기사에는 작년 대통령 배에서의 활약과 금년 고교 주말 리그에서 6전 전승으로 왕중왕전에 오르는 동안 보여준 그의 활약이 일목요연하게 적혀 있었다.

4번의 선발 출장 동안 29이닝을 던져 한 점도 실점하지 않았고 안타는 단 11개를 맞았다.

방어율 0.

아무리 고교야구라지만 정말 뛰어난 성적이 아닐 수 없었다.

세광고가 메이저 대회에서 강력한 우승 후보로 꼽히는 것은 그가 있기 때문이라는 것과 강력한 패스트볼에 이은 변화구, 체인지업까지 구질의 장단점을 세세하게 분석해서 실었다.

강찬과 최 감독의 인터뷰 내용도 실렸지만 소망원에서 자랐다는 개인적인 이야기는 언급하지 않았다.

화제의 인물란은 스포츠 스타의 과거와 현재, 그리고 미래를 소개하는 자리지 가십거리를 제공하는 것은 아니었기 때문이었다.

*　　*　　*

은서와 테레사 수녀는 운동을 끝내고 늦게 들어온 강찬을 붙잡아 소파에 앉혔다.

그녀들의 앞에는 스포츠내일에서 발간한 신문이 펼쳐져 있었는데 강찬의 얼굴이 떡하니 박혀 있었다.

강찬은 훈련을 하느라 정신이 없어 신문기자와 인터뷰했다는 사실도 이야기하지 않았다.

하긴 그조차도 이 정도로 크게 보도될 줄은 몰랐기 때문에 까맣게 잊어버리고 있었다.

"오빠는 알고 있었지?"

"그게… 일주일 전에 기자를 만난 적은 있었어. 그냥 의례적인 인터뷰라고 생각했는데 너무 크게 나서 나도 어리둥절해."

"하여간 우리 강찬이는 못 말려. 그런 게 있었으면 미리 말해줬어야지. 난 오늘 기절하는 줄 알았다. 갑자기 슈퍼 아저씨가 네 사진을 내밀어서 사고가 난 줄 알았어."

"죄송해요 엄마."

"어쨌든 엄마는 아직도 심장이 마구 뛰어서 진정이 안 돼. 네가 야구를 잘한다는 소릴 들었지만 이 정도로 신문에서 보도할 정도만큼 잘하는 줄은 몰랐어. 정말 고맙다 이강찬!"

"신문에서 너무 과장한 거예요. 아직 멀었어요."

"엄마는 오늘 하루 종일 동네에 오빠 자랑하고 다니느라 잠시도 집에 안 계셨어. 나도 친구들한테 큰소리 마구마구 쳤는데 친구들이 사인 받아달라고 난리도 아니야."

"아이고, 이거 얼굴 뜨거워져서 큰일 났네."

"오빠야, 정말 장하다. 이리 와봐."

"왜?"

"머리 쓰다듬어 주게."

은서의 장난에 강찬의 얼굴에는 화사한 웃음이 피어올랐다.

말은 적지만 푸근한 웃음을 보여주는 테레사 수녀님과 언제나 자신을 믿어주고 따르는 은서는 그에겐 세상에서 제일 소중한 사람들이었다.

그랬기에 강찬은 두 사람을 향해 따스한 눈길을 던졌다.

"엄마, 난 아직 멀었어요. 하지만 계속 노력하고 있으니까 시간이 지날수록 더 강해지고 더 잘할 수 있을 거예요. 난 야구로 꼭 성공하고 싶어요. 그래서 엄마와 우리 소망원 식구들이 더 좋은 집에서 돈 걱정 없이 살 수 있게 할 겁니다. 그때까지 절대 한눈팔지 않을게요. 그러니 믿고 기다려 줘요."

*　　　*　　　*

황금사자기 대회.

고교 주말 리그 전반기 왕중왕전이었고 역사로 따진다면 68년 전통을 자랑하는 유서 깊은 대회였다.

세광고는 강찬이 입학한 후 연속으로 16강전에서 탈락했는데 황금사자기에서는 유독 성적이 좋지 않았다.

봄의 끝자락에서 찬란한 햇살을 받으며 백구의 제전이 열린 것은 화요일인 6월 3일이었다.

32개의 팀이 한자리에 모여 개막식을 연 잠실야구장은 팽팽한 긴장에 사로잡혀 있었다.

금년 들어 처음 열리는 메이저 대회였기에 모든 팀은 우승의 열망을 불태우는 중이었다.

특히 세광고는 더했다.

역대 최강의 전력이라는 분석과 함께 주말 리그에서 6전 전승으로 우승함에 따라 학교 측은 이번 대회에 초미의 관심을 보여주고 있었다.

개막식임에도 교장선생님이 직접 서울까지 올라와 야구장을 찾은 것은 야구부가 생긴 이래 처음 있는 일이었다.

서든데스 방식, 다른 이름으로 토너먼트는 한 번 지면 집으로 돌아가야 하는 단판 승부다.

두 번의 기회가 없으니 무조건 이겨야 다음 라운드에 진출할 수 있기 때문에 각 학교는 총력을 기울여 승부에 나선다.

하지만 그것은 세광고 같은 우승 후보들에게는 적용되지 않는 말이었다.

상대에 따라 전력을 가동시킬 수 있다는 것은 감독의 입장에서 얼마나 기쁘고 여유로운 일인지 모른다.

이번 대회는 16강전까지 4일의 여유가 있고 8강전은 3일의 여유가 있지만 그다음 경기는 매일 치러야 하는 일정이다.

그런 측면에서 봤을 때 에이스인 강찬이 먼저 출전해서 몸을 푸는 것이 맞았다.

원투펀치인 어윤천이 16강만 막아준다면 8강전은 다시 강찬이 나설 수 있고 결승전에도 선발로 출전할 수 있기 때문이다.

문제는 4강전이었다.

선발로 나서는 어윤천과 민윤기, 허재윤 등 릴리프맨들이 잘만 막아준다면 황금사자기는 세광고의 품으로 들어올 가능성이 컸다.

최 감독의 예상대로 8강까지는 일방적인 경기를 치르며 순탄하게 올라갔다.

대구상고와 부경고를 연속 콜드게임으로 끝내 버렸고 8강에서도 유신고를 5 : 0으로 격파해 버렸다.

유신고와의 경기에서 최 감독은 강찬을 7회까지만 던지게 하고 마운드에서 내려오게 했다.

강찬의 뒤를 받치는 유재규가 있기 때문에 가능한 일이었다.

유재규는 요새 물이 오를 대로 올라서 3회 정도라면 충분히 3점 이내에서 틀어막을 정도로 구위가 좋았다.

이제 우승을 위해서는 어윤천이 나서는 4강전만 무사히 통과하면 된다.

결승전에 온전한 컨디션으로 강찬이 나설 수만 있다면 우승은 세광고의 것이 될 게 확실했다.

그러나 그런 최 감독의 바람은 4강전에서 여지없이 깨지고 말았다.

4강전에 올라온 서울고는 탄탄한 전력으로 무장한 채 신흥강호로 떠오른 팀이었다.

투, 타의 균형이 좋았는데 특히 타격은 금년 시즌에서 3할 이상을 때린 타자가 4명이나 포진하고 있었다.

예상하지 못했던 고전.

어윤천은 2회부터 서울고의 클린업트리오에게 연속으로 안타를 얻어맞고 먼저 2실점을 했는데 반대로 세광고 타선은 서울고 투수 배명렬에게 철저하게 막히며 4회까지 단 2안타에 그쳤다.

배명렬의 직구 구속은 145㎞/h를 넘었고 볼카운트가 불리할 때마다 투심을 던진 것이 세광고 타자들의 헛스윙을 유도했다.

처음 보는 구질에 당황한 것이 분명했다.

그도 그럴 것이 세광고 투수 중에 투심을 던지는 사람은 하나도 없었다.

투심이란 패스트볼이 홈 플레이트에 오면서 타자 쪽으로 가라앉는 공을 말하는데 제대로 구사하면 타격이 극히 어려운 구질이었다.

타격만 문제가 있는 것이 아니라 수비 쪽에서도 문제가 발생했다.

어윤천은 5회에 들어서 서울고 타선을 막아내지 못하고 또다시 1점을 허용하고 말았다.

최 감독의 이마에서 진땀이 배어 나왔다.

이대로라면 결승 진출은 물거품이 되고 말 가능성이 컸다.

한숨이 끊임없이 흘러나왔다.

여전히 타자들은 배명렬의 공을 공략하지 못하고 삼자범퇴로 물러나고 있었다.

진퇴양난.

지금이라도 강찬을 투입할 수 있었으나 지고 있는 상황에서 에이스를 투입하는 게 얼마나 어리석은 짓인지 너무나 잘 알기에 망설여졌다.

다행스럽게 어윤천에 이어 나온 민윤기는 서울고의 타선을 8회까지 무실점으로 막아내고 있었다.

운명의 9회 초.

세광고의 타선은 안치영, 유혁수, 천명훈으로 이어지는 클린업트리오였다.

여기서 3점 이상을 뽑아내지 못하면 세광고는 짐을 싸고 청주로 돌아가야 한다.

좌측 스탠드를 가득 채운 세광고 응원단을 비롯해서 더그아웃에 있던 선두들은 긴장된 시선으로 타석에 들어서는 안치영을 향해 파이팅을 외쳤다.

이대로 돌아가고 싶지 않았다.

수많은 땀방울을 흘리며 우승을 위해 달려온 시간들을 생각한다면 반드시 이번 회에 점수를 뽑아내야 한다.

하지만 배명렬은 9회까지 완투하면서 전혀 지친 기색을 내보이지 않았다.

아마, 이기고 있다는 사실이 그에게 힘을 불어넣고 있는 것 같았다.

여전히 위력적인 패스트볼이 연속으로 안치영의 무릎을 통과했다.

뻔히 보이는데도 치지 못하는 것은 불시에 들어오는 변화구 때문이었다.

배명렬은 불같은 속구를 구사하다가도 적절하게 슬라이더와 커브를 던지며 타자의 타이밍을 뺏고 있었다.

방망이로 땅바닥을 때리고 들어오는 안치영의 눈에서는 언뜻 눈물이 보였다.

억울하고 분한 심정.

그 심정은 최 감독을 비롯해서 강찬과 모든 선수들의 마음일 것이다.

그렇게 경기는 끝나고 말았다.

유혁수는 유격수 앞 땅볼이었고 천명훈은 우익수 플라이였다.

우승을 노리던 세광고의 도전이 무참하게 깨지는 순간이었다.

* * *

황금사자기의 우승은 작년 2관왕에 빛나는 선린정보고가 차지했다.

선린정보고는 강석곤과 몇몇 선수들이 빠져나갔을 뿐 고교 최고 타자인 최성일과 정세호가 여전히 건재했고 한층 성숙된 기량을 뽐내는 이현승이 마운드를 지키면서 최고의 전력을 자랑했다.

세광고를 이긴 서울고는 그런 선린정보고의 상대가 되지 않았다.

배명렬이 연속으로 선발 출장했으나 이미 선린정보고는 투심에 대한 훈련이 되어 있었던지 그의 공을 난타해 버렸다.

결과는 8 : 2로 선린정보고의 승리였다.

이현승이 완투승을 거두었고 최성일은 4안타를 터뜨렸는데 그중 2루타가 2개였다.

그러나 결정적인 역할을 한 것은 4번 타자인 정세호였다.

그는 결승에서 배명렬의 공을 2번이나 통타해서 홈런으로 만들었다.

참으로 싱거운 결승전이었다.

준비하지 않은 자와 준비된 자의 차이다.

배명렬의 투심은 미리 준비만 되어 있었다면 충분히 깨뜨릴 수 있는 것이었다.

각도가 크지 않은 그의 투심은 변화되는 순간을 노리고 들어가면 통타를 당할 가능성이 컸다.

황금사자기 4강에서 무릎을 꿇고 청주로 돌아온 세광고 야구부는 충격으로 인해 한동안 멘붕 상태에 빠져 있었다.

최 감독도 마찬가지였고 선수들도 예외는 아니었다.

더 재밌는 건 교장선생님 이하 모든 학생들마저 세광고의 패배를 쉽게 받아들이지 못한다는 데 있었다.

최근 몇 년간의 성적으로 본다면 4강에 올라간 것도 뛰어난 성적이었지만 그들은 결승에 오르지 못한 것을 끝내 아쉬워했다.

그것은 분명 그동안 보여주었던 야구부의 강한 전력이 그들의 기대감을 한껏 높여놨기 때문일 것이다.

최 감독은 자신의 부주의를 탓하며 한동안 술로써 세월을 보냈다.

너무 안일하게 생각했기 때문에 우승 전력을 가지고도 실패했다는 게 그의 생각이었다.

멘붕에서 가장 먼저 벗어난 것은 강찬이었다.

황금사자기에서는 졌지만 언제까지 패배만 생각하며 있을 수는 없었다.

청주에 돌아온 후 단 이틀의 휴식을 취한 그는 부원들을 이끌고 다시 훈련에 돌입했다.

청룡기를 위한 주말 리그는 다음 달부터 시작되기에 3학년을 중심으로 다시 해보자는 결의를 다졌다.

금년에는 하반기 왕중왕전인 청룡기뿐만 아니라 대통령 배와 봉황대기까지 남아 있기 때문에 아직 기회는 충분했다.

선수들이 먼저 훈련에 돌입하자 술에 젖어 있던 최 감독이 언제 그랬냐는 듯 슬그머니 나타나 훈련을 독려했다.

항상 그래왔으나 너무 자연스러워 처음부터 그 자리에 있었던 것처럼 느껴질 정도다.

최 감독이 황금사자기에서 실패한 원인은 딱 두 가지뿐이었다.

배명렬의 투심에 대해서 전혀 정보를 얻지 못했다는 것과 강찬을 보호하느라 연투를 시키지 않았다는 것이었다.

어찌 보면 당연한 것이었지만 결론은 4강 탈락으로 나타났다.

다른 학교의 에이스들이 4강전과 결승전을 연속으로 출전한다는 걸 미리 알고 있었음에도 그렇게 하지 못한 것은 우승을 하겠다는 욕심이 너무 과했기 때문이었다.

강찬을 생생한 상태에서 출전시켜 결승전에서 반드시 이기겠다는 욕심이 화를 부르고 만 것이다.

그랬기에 그는 자신의 실수를 탓하며 실패할 때마다 반복했던 것처럼 일주일 동안 술에 젖어 살았다.

그런 후 정확하게 일주일이 지난 후부터 운동장에 나와 선수들과 함께 생활했다.

마음속에 가득 찬 독기.

확실한 우승 전력을 갖추었으니 더욱더 확실한 대비를 해서 나머지 대회를 석권하겠다는 결의를 다지며 그는 선수들과 함께 구슬땀을 흘렸다.

황주희와는 미팅한 이후로 두 번을 만났다.

그녀가 먼저 전화를 해서 안부를 물었고 그런 안부가 거듭되며 자연스럽게 만남을 가졌다.

워낙 훈련에 집중하느라 만나는 것을 극도로 자제했는데 그녀는 거의 반강제적으로 약속을 잡곤 했다.

오늘도 마찬가지였다.

다음 주부터 시작되는 후반기 주말 리그를 대비해서 막바지 훈련을 하고 있는 강찬을 황주희는 막무가내로 끌어냈다.

어차피 저녁을 먹어야 할 테니 밥만 먹고 들어가라는 게 황주희의 주장이었다.

그들이 만난 곳은 학교 근처의 스파게티 전문점이었다.

그곳에는 스파게티뿐만 아니라 다른 메뉴도 팔았기 때문에 강찬의 앞에는 돈가스가 놓여 있었다.

우물거리며 밥을 먹는 강찬의 행동이 바빠 보였는데 그 모습을 바라보는 황주희의 얼굴은 밝지 않았다.

"정말 밥만 먹고 들어가야 돼?"

"미안하다. 아직 감독님도 선수들하고 같이 계셔."

"모레가 시합이라며?"

"응."

"그런데 오늘까지 훈련을 하는 건 너무한 거 아냐?"

"우리 감독님이 독기를 품으셨거든. 이번에는 꼭 우승하시겠단다."

"감독님이 우승하겠다고 되는 건 아니잖아. 강찬, 네가 잘해야지."

"그렇게 따지면 다 잘해야지. 나만 잘한다고 해서 우승할 수 있겠어?"

"그래도 네가 에이스니까 가장 중요한 거야. 어때, 우리 에이스님은 이번엔 우승할 것 같아?"

"당연히 한다. 저번 대회 때는 실수해서 우승을 놓쳤지만 이번 청룡기는 분명히 세광고에서 가져올 거야. 기대해도 좋아."

"그래, 그렇게 해. 그리고 최우수상은 네가 받아. 친구들한테 내 남자 친구가 얼마나 대단한 사람인지 자랑할 수 있게 해줘."

강찬의 큰소리에 황주희의 얼굴이 금방 밝아졌다.

그녀는 강찬의 자신 있는 얼굴을 바라보며 정말 최우수상을 받은 것처럼 기쁜 얼굴을 하고 있었다.

그랬기에 강찬은 그녀의 얼굴을 마주 바라보며 헛웃음을 지었다.

그녀의 마지막 말이 마음에 걸렸기 때문이었다.

후반기 주말 리그도 세광고는 거침없이 6연승을 거뒀고 후반기 왕중왕전인 청룡기에서도 결승까지 거침없이 진격했다.

불과 3실점만을 내준 세광고의 투수력은 고교 최강이었고 그 중심에는 강찬이 있었다.

최 감독은 황금사자기 때와는 반대로 8강에서 어윤천을 내세워 승리를 한 후 4강전에 강찬을 내세웠다.

인연인지 악연인지 4강전에 붙은 것은 세광고에게 눈물을 안겨준 서울고였다.

하지만 이번 대회에서는 이전과 완벽하게 다른 결과가 나타났다.

투심을 대비하고 나온 세광고 타선은 배명렬을 5회에 강판시키며 5점을 뽑아냈고 강찬은 7회까지 서울고 타선을 4안타로 묶어놓으며 무실점으로 틀어막았다.

최 감독은 그때서야 강찬 대신 유재규를 내보냈다.

승기를 잡은 이상 내일 있을 결승전도 생각해야 되기 때문이었다.

결국 결승에서 만난 것은 또다시 선린정보고였다.

세광고가 역대 최고의 전력이라면 선린정보고는 그것을 이미 성적으로 확인시켜 주고 있는 강팀이었다.

작년 2관왕을 차지했을 뿐만 아니라 금년에 들어서도 첫 대회인 황금사자기에서 우승을 했고 연속해서 청룡기도 결승에 진출해서 우승을 바라보는 중이니 가히 고교 최강이라 부를 만했다.

주력 타자인 최성일은 타격이 완전히 물이 올라 이번 대회에서 무려 5할의 타율을 치는 중이었고 4번 타자인 정세호는 홈런이 벌써 6개였다.

하지만 이번에는 세광고도 만만치 않았다.

유혁수가 4개의 홈런을 때려내는 중이었으며 천명훈과 안치영은 3할 5푼을 기록하고 있었다.

이례적인 스포츠 일간지의 보도가 시작된 것은 두 학교의 전력이 지금까지 봐왔던 어떤 대회보다 팽팽했기 때문이었다.

다른 신문과는 달리 스포츠내일은 프로야구를 제치고 청룡기 결승전에 대한 보도를 1면에 게재했다.

고교야구가 1면을 차지한 것은 까마득한 옛날이었으나 김혁의 주장을 편집장이 받아주면서 이례적인 일이 벌어지고 말았다.

그 배경에는 강찬이 있었다.

화제의 인물에 뽑히기도 했던 강찬이 출전했던 하반기 4게임과 청룡기 대회 2경기에서 방어율 0을 기록하며 연일 강속구를 뿌려댔기 때문이었다.

덧붙여 선린정보고의 최성일도 커다란 몫을 했다.

무려 5할이란 타율을 선보이며 선린정보고의 공격을 이끄는 그를 전문가들은 타격의 천재라 불렀다.

신문에서는 이들 둘의 얼굴을 대서특필하며 창과 방패의 대결이라고 보도했다.

강찬은 숨을 깊게 들이마신 후 천천히 내뿜었다.

익숙한 마운드.

로진백을 들어 손에 넣고 만지자 까칠까칠한 감각이 손바닥에 느껴지며 알싸한 향기가 코끝을 자극했다.

얼마나 기다리고 기다렸던 순간인가.

이 순간을 위해 밤낮을 가리지 않고 미친놈처럼 뛰며 수많은 눈물과 땀방울을 흘렸다.

슬쩍 눈을 들어 관중석을 바라보자 스탠드를 꽉 채운 응원단이 자신의 이름을 부르며 환호성을 지르고 있었다.

아마, 저 속에는 은서와 수녀님도 계실 것이다.

사랑하는 사람들.

그들의 눈에서 더 이상 눈물이 흐르지 않도록 하기 위해서는 이겨야 한다, 반드시…….

연습 투구를 마치고 홈 플레이트 뒤쪽에 앉아 있는 포수의 미트를 바라보자 허창복이 소리를 고래고래 지르며 파이팅을 외쳐 댔다.

놈 역시 우승에 대한 열망이 큰 모양이었다.

4강전에서 7회까지 83구를 던졌지만 체력을 안배하느라 평소보다 체인지업을 많이 던졌기 때문에 어깨에 대한 부담은 없었다.

컨디션도 좋았고 연습 투구를 해본 결과 어깨 역시 싱싱했다.

그랬기에 초구부터 강력한 패스트볼을 뿌렸다.

쐐애액… 팡!

타자의 무릎을 파고든 속구가 홈 플레이트에서 10㎝ 이상 솟구치며 포수 미트에 강력하게 꽂혔다.

배트는 꼼짝하지 못했고 타자는 헛바람을 들이켜며 타석에서 급히 벗어났다.

그는 얼마나 놀랐는지 얼굴이 하얗게 질려 있었다.

몸 쪽으로 바짝 붙으며 들어온 패스트볼의 구속은 146㎞/h를 찍었는데 홈 플레이트에서 급격하게 떠올랐기 때문에 타자는 빈볼을 던진 것으로 오해했던 모양이었다.

하지만 공은 타자의 무릎과 허리 사이를 정확히 통과한 스트라이크였다.

강찬과 허창복의 작전은 단순하고도 무척 효과적인 것이었다.

강력한 패스트볼로 타자의 감각을 무너뜨리고 커브와 체인지업을 구사해서 헛스윙을 유도하는 작전이다.

어쩌면 당연한 작전이었다.

강속구를 지닌 투수들은 언제나 강찬이 쓰는 작전을 구사했는데 가장 효율적이기 때문이었다.

그러나 패턴을 읽히면 안 된다.

같은 패턴을 반복하게 되면 타자들의 감각이 거기에 맞춰지기 때문에 수시로 다른 패턴의 볼 배합을 가져가야 타자를 무력화시킬 수 있다.

결승전을 예측한 언론의 보도는 투수전과 타격전을 한꺼번에 예상했었다.

워낙 투타의 균형이 좋은 두 팀이었기 때문에 투수들의 컨디션에 따라 게임의 양상이 급격하게 바뀔 수 있다는 게 전문가들의 예측이었다.

그리고 그 예측은 정확히 들어맞았다.

강찬의 컨디션도 최고였지만 이현승의 컨디션도 그에 못지않았다.

강찬은 7회까지 3개의 안타만 허용하며 무실점으로 버티고 있었으나 이현승은 6개의 안타를 맞고도 교묘한 위기관리 능력으로 실점을 하지 않은 채 마운드를 지켰다.

완벽한 투수전.

세광고의 입장에서는 미치고 펄쩍 뛸 노릇이었다.

거의 매 회마다 안타를 때려내었으나 득점을 하지 못하니 최 감독의 가슴은 새까맣게 타들어갔다.

하지만 8회 말에 들어와 세광고는 절호의 기회를 맞이했다.

선투 타자인 1번 타자 안치영이 포볼을 골라냈고 2학년인 후속 타자가 번트를 대서 안치영을 2루까지 진루시켰던 것이다.

완벽한 득점 찬스.

더군다나 타석에 들어선 것은 요즘 들어 가장 타격감이 좋은 천명훈이었다.

이현승은 선두 타자를 포볼로 내보낸 것이 부담되었던 모양인지 초구부터 빠른 직구를 던져 스트라이크를 잡아냈다.

천명훈은 초구를 그대로 보내고 다음 공을 기다렸다.

2구는 변화구였고 3구는 슬라이더였지만 그대로 통과시켰다.

그리고 운명의 4구가 들어오자 지체 없이 배트가 궤적을 그리고 공을 향해 뻗어나갔다.

143㎞/h에 달하는 빠른 직구였다.

이현승의 볼은 위력적으로 빨랐지만 그보다 훨씬 빠르고 무거운 강찬의 공을 매일같이 봐왔던 천명훈에게는 먹기 좋은 먹잇감에 불과했다.

따악!

타구가 빨랫줄처럼 뻗어나가며 좌익수 앞에 떨어졌다.

주자인 안치영은 공이 그라운드에 떨어지는 순간 이미 3루를 돌아 홈으로 쇄도하는 중이었다.

그랬기에 선린정보고의 좌익수는 공을 뿌리지 못하고 1루 주자만 견제하고 말았다.

선취 득점.

좌측 스탠드를 가득 메운 세광고의 응원단이 모두 자리에서 일어나 미친 듯 열광하기 시작했다.

팽팽한 투수전은 긴장의 연속이었는데 세광고가 먼저 득점을 올리자 응원단은 두 손을 번쩍 들고 기쁨에 젖어 만세를 불렀다.

그러나 그들의 기쁨은 그것으로 그치지 않고 유혁수로 인해 절정을 이뤘다.

1사 주자 1루, 볼카운트 풀인 상태에서 그는 이현승의 변화구를 받아쳐 투런 홈런을 만들어냈던 것이다.

세광고의 응원단은 비명을 질러댔고 반대로 선린정보고의 응원단은 숨소리조차 들리지 않았다.

승리의 영광과 패배의 어두운 그림자가 두 팀의 응원단을 극명하게 대비시키고 있었다.

점수는 3 : 0, 운명의 9회 초.

강찬은 마운드에 올라 두 눈을 꽉 감았다가 떴다.

이제 이번 이닝만 막으면 세광고는 32년 만에 메이저 대회에서 우승을 하는 쾌거를 이루게 된다.

입술이 말랐기 때문에 혀를 내밀어 슬쩍 침을 묻혔다.

선린정보고의 9회 초 타순은 2번부터 시작이었다.

클린업 타선이었고 오늘 강찬이 맞은 3안타 중 2개가 최성일과 정세호에게 맞은 것이었으니 긴장의 끈을 놓쳐서는 안 된다.

선린정보고의 응원단이 자리에서 펄쩍펄쩍 뛰면서 마지막 응원전을 펼친 것은 지금까지 어떤 투수가 나와도 득점을 뽑아내던 그들의 클린업트리오를 믿었기 때문이었다.

그러나 첫 타자는 긴장한 탓인지 뚝 떨어지는 강찬의 커브에 제대로 타격조차 하지 못한 채 유격수 앞 땅볼로 아웃되었다.

선린정보고의 응원에 찬물을 쏟아붓는 타격이었다.

그러나 그들의 응원은 최성일이 타석으로 들어서자 다시 광적으로 변했다.

최성일. 청룡기 대회에서 무려 5할의 타격을 기록하는 중이었고 오늘도 강찬에게 안타를 빼어낸 고교 최고의 타자다.

언론은 그를 보고 100년에 한 번 나올 수 있는 천재 타자라고 부르는 중이었다.

물론 언론의 보도 특성상 과장이 들어 있었겠지만 그럼에도 그가 최고임을 부인한다는 것은 말도 안 되는 일이었다.

그만큼 그는 고교야구에서 누구도 넘볼 수 없는 최고의 타자였다.

강찬은 최성일이 타석에 들어서자 손짓으로 허창복을 마운드로 불러냈다.

허창복은 그런 강찬의 행동에 놀랐는지 마운드에 도착하기도 전에 입부터 열었다.

"강찬아, 왜 그러냐. 어디 아프냐?"

"그런 거 아냐."

"그럼 왜?"

"지금까지의 패턴을 버리고 직구로만 승부하자."

"괜찮을까?"

"내 변화구는 아직 완벽하지 않아. 이전 타석에서도 커브를 구사하다가 안타를 맞았다. 놈은 내 직구는 쳐다보지도 않았어. 이번에도 놈은 불완전한 내 변화구와 체인지업을 노릴 것 같다."

"씨발, 생각해 보니 그럴 수도 있겠네."

"초구는 몸 쪽, 2구는 바깥쪽, 3구는 센터로 던지겠다."

"너… 미쳤어? 뭐하러 그런 짓을 해!"

"어차피 놈이 노리는 게 변화구라면 3구로 충분해. 걱정하지 마라. 내가 이긴다."

"으……. 모르겠다. 죽기 아니면 기절이겠지. 좋아 네 마음대로 해."

강찬이 이를 드러내며 씨익 웃자 황당한 눈을 하던 허창복이 손으로 미트를 치며 목구멍에서 그릉대는 소릴 냈다.

그 역시 강찬의 분위기에 전염되었던지 돌아서서 뛰어가는 어깨가 치켜 올라가 있었다.

허창복이 자리에 앉자 심판의 손이 올라갔다.

고개를 돌려 더그아웃을 바라보자 최 감독이 초조한 눈으로 자신을 바라보고 있는 것이 보였다.

아니다, 자신을 바라보고 있는 것은 최 감독뿐만 아니라 좌, 우 스탠드를 가득 메운 양측 응원단도 마찬가지였다.

와인드업을 마치고 왼쪽 어깨를 가슴까지 들어 올려 최대한 힘을 응축한 후 활을 쏘듯 공을 던져 냈다.

파앙!

정확하게 타자의 무릎을 통과해서 포수 미트에 박히는 스트라이크였다.

최성일은 무심한 눈으로 타석에서 물러나 빈 스윙만 했을 뿐 어떠한 감정의 변화도 보이지 않았다.

그러나 그것은 강찬도 마찬가지였다.

2구는 바깥쪽 꽉 찬 직구를 던졌으나 최성일은 역시 배트를 휘두르지 않았다.

2스트라이크 노 볼.

양쪽 응원단의 함성은 이미 쥐 죽은 듯이 사라졌고 오직 그라운드에는 팽팽한 긴장만이 남았다.

포수석에 있는 허창복은 벌렁대는 가슴을 진정시키며 바짝 마른 입술을 연신 혀를 내밀어 적셨다.

약속대로라면 이번 공은 센터로 파고드는 패스트볼이었다.

강찬이 원했고 점수 차가 있으니 두렵지는 않았으나 위험한 승부임은 분명했다.

그럼에도 포수 미트를 내밀고 마지막 공을 기다렸다.

자신 역시 이번 승부에 내기를 건다면 강찬의 승리에 걸고 싶었다.

강찬은 마지막 공을 던지기 전에 최성일과 눈을 부딪쳤다.

놈은 최고의 타자답게 얼굴에 아무런 변화도 보이지 않았지만 그의 눈에는 반드시 때려내겠다는 의지가 가득 들어 있었다.

때려내고 싶으냐. 그럼 어디 때려봐라!

수없이 반복했던 훈련 이론은 이번 승부에서 어느 것도 떠오르지 않았다.

오직 무아의 상태에서 전력을 다해 던질 뿐이었다.

손끝에 감긴 공의 촉감이 너무나 생생하게 전달되며 머릿속을 헤집었다.

지금까지 던진 어떤 공보다 완벽한 균형 상태에서 릴리스가 되었다.

포수 미트로 날아가는 공이 마치 슬로비디오를 보듯 강찬의 눈에 들어왔다.

공은 허창복이 내민 포수 미트에 틀어박혔는데 최성일은 배트조차 휘두르지 못했다.

빠악!

강찬이 던진 공이 총알처럼 날아가 미트에 박히자 마치 가죽 북 터지는 소리가 흘러나왔다.

루킹 삼진.

고교 최고의 타자를 단 세 개의 공만으로 잡아내는 순간이었다.

강찬이 마지막에 뿌린 공의 구속이 전광판에 찍히는 순간 관중들은 일제히 일어나 기립 박수를 치며 열광했다.

전광판에 찍힌 그의 구속은 150㎞/h를 선명하게 나타내고 있었다.

2아웃까지 잡아내자 선린정보고의 응원단은 급격하게 전의를 상실해 갔다.

비록 후속 타자가 6개의 홈런을 때려내고 있는 정세호였지만 강찬의 구위로 봤을 때 3점 차를 뒤집는 건 불가능하다고 생각했기 때문이었다.

반대로 세광고 응원단은 축제 분위기였다.

이제 마지막 타자만 잡으면 세광고는 32년 만에 감격의 우승을 차지하게 된다.

정세호는 거포답게 묵직한 몸을 지니고 있었다.

몸무게가 100㎏에 육박하는 그의 체격은 꼭 곰을 연상시킬 만큼 우람했다.

강찬은 슬쩍 변화구 사인을 내보내는 허창복을 향해 강하게 고개를 흔들었다.

이번에도 직구 승부를 펼칠 생각이었다.

강찬이 홈런 타자인 정세호와 정면 승부를 펼치겠다고 고집을 피우는 이유는 단 하나뿐이었다.

자신의 패스트볼이 어떤 위력을 지녔는지 정세호를 상대로 확인하고 싶었다.

최성일은 이미 잡아냈으니 정세호만 잡아낸다면 그 누구도 자신의 공을 치지 못할 것이란 자신감을 갖게 된다.

그랬기에 강찬은 오직 스트라이크만 던졌다.

볼로써 유인하는 짓은 하고 싶지 않았다.

정면 승부란 거짓과 술수 없이 지닌 구위만 가지고 타자와 상대했을 때 진정한 의미를 갖기 때문이다.

팡……. 팡……. 팡!

최성일과의 승부와 달랐던 점은 찌른 코스가 반대였다는 것이었고 정세호가 처음부터 연속해서 배트를 휘둘렀다는 것뿐이었다.

정세호는 홈런 타자답게 세 번 모두 풀스윙을 했지만 강찬의 공을 쳐 내지 못하고 삼진을 당했다.

마지막 공을 뿌린 후 정세호의 헛스윙을 확인한 강찬이 마운드에 주저앉으며 두 팔을 하늘로 든 채 뒤로 넘어졌다.

감격의 우승.

야수들이 전력으로 강찬을 향해 뛰어왔고 더그아웃에 있던 최 감독과 선수들이 벌 떼처럼 마운드를 향해 뛰어나왔다.

세광고의 응원단이 포진되어 있던 좌측 스탠드는 그야말로 광란의 도가니로 변해 있었는데 서로를 끌어안은 채 기쁨을 만끽하고 있었다.

꿈에 그리던 염원을 이룬 세광고 선수들이 한 덩이가 되어 그라운드를 뒹굴었다.

감격의 눈물을 흘린 건 선수들뿐만이 아니었다.

가족들이 울었고 학생들도 따라 울었으며 동문들 역시 감격의 눈물을 흘렸다.

세광고가 청룡기를 우승하자 스포츠내일은 발 빠르게 일면 톱을 할애하면서 대대적인 보도를 했다.

다른 신문이 삼단으로 작게 결과만 뽑은 것과는 완전하게 상반된 보도였다.

대박이 터진 것은 점심 무렵부터였다.

대중들은 스포츠내일을 읽으면서 흥분과 전율을 한꺼번에 느낀 모양이었다.

최고의 투수에 꼽히는 강찬과 천재 타자인 최성일의 대결이 초미의 관심을 유발했고 그 결과 역시 극적이었기 때문이었다.

김혁은 날아갈 정도로 기뻤다.

강찬을 화제의 인물로 선정한 이후로 끝없이 주시하고 있었는데 황금사자기에서 죽을 쑤서 허탈하게 만들더니 기어코 청룡기에서 대박을 터뜨려 주었기 때문이었다.

방어율 0.

그뿐만이 아니라 고교야구에서는 꿈의 숫자로 불리는 150㎞/h의 패스트볼을 뿌려댔으니 대박도 이런 대박이 없었다.

거기에다 일이 되려니까 강찬을 돋보이게 만드는 천재 타자까지 등장해서 완벽한 시나리오를 만들어주었다. 사람들은 원래 주인공 혼자서 북 치고 장구 치는 것보다 강력한 라이벌이 있는 드라마를 좋아하는데 최성일의 출현은 극적인 요소를 최고조로 만들어주었다.

영웅의 등장.

생활에 지치고 정치에 지친 대한민국의 국민들은 간절히 영웅을 원하고 있었다.

자신의 삶에 용기를 북돋아줄 수 있는 영웅의 출현은 그래서 현대인들에게 반드시 필요한 존재였으나 현실에서 영웅의 출현은 극히 드물었기에 대중들은 영화와 드라마를 통해 대리 만족을 느끼고는 했다.

하지만 그 파괴력은 현실에 등장한 영웅과는 비교조차 되지 않을 만큼 작다.

그런 이유로 열여덟에 불과한 고등학생이 꿈의 기록이라 불리는 방어율 0를 기록하고 150㎞/h의 공을 뿌려대자 사람들의 관심은 온통 강찬에게 몰릴 수밖에 없었다.

일면 톱으로 기사를 내자 하루 종일 강찬에 대한 문의 전화가 빗발처럼 이어져 업무가 마비될 정도였다.

김혁이 만들어낸 영웅 놀이에 군중들은 완벽하게 걸려들었다.

이렇게 된 이상 스포츠내일의 판매 부수는 당분간 기하급수적으로 늘어날 것이 분명했고 특종을 만들어낸 자신은 어쩌면 올 말에 있을 인사에서 승진하게 되는 행운을 누릴지도 몰랐다.

앞으로도 고교야구의 메이저 대회는 2개나 남았고 강찬을 향한 프로 구단과 대학교의 러브콜은 러시를 이룰 게 뻔했으니 기삿거리는 흘러넘치고도 남았다.

연일 계속되는 보도에 강찬은 훈련을 하지 못할 정도의 유명세를 치르게 되었다.

스포츠내일에서 집중적인 취재를 하던 것이 시간이 지나자 삼대 스포츠 신문인 스카이스포츠와 스타스포츠까지 나서며 강찬을 괴롭혔다.

언론에 노출되는 기회가 많지 않은 고교야구였으나 강찬은 언론의 타깃이 되어 생활을 하지 못할 정도였다.

시간이 지나자 잠시 뜸해졌던 언론에서 또다시 집중적으로 강찬을 취재하기 시작한 것은 청룡기에 이어 대통령 배에서도 세광고가 우승을 차지하면서부터였다.

고교야구 역사상 유례를 찾아보기 힘든 방어율 0의 행진은 벌써 9경기째였고 불같은 강속구와 진화된 변화구는 강찬을 언터처블 투수로 명명하게 만들 만큼 연신 위력적인 구위를 뿌렸다.

김혁의 예상대로 연고 구단인 이글스는 신인 드래프트에서 대학 졸업생을 제치며 그를 1순위로 지목했고 대학야구의 감독들은 매일같이 소망원과 세광고를 들락거리며 강찬을 잡기 위해 필사의 노력을 기울였다.

어떤 대학에서는 최 감독에게 강찬만 데려온다면 감독직은 물론이고 3학년생 전체를 한꺼번에 데려가겠다는 제안까지 했다고 한다.

그러나 야구전문기자들이 초미의 관심을 보이며 연신 보도를 하고 있는 것은 LA다저스에서 강찬의 게임을 보기 위해 다음 주부터 벌어지는 봉황대기 경기 일정에 맞춰 스카우터를 파견한다는 것이었다.

지금까지 고교 선수의 경기를 보기 위해 메이저리그 구단에서 스카우터가 온 적은 여러 번 있었지만 이번 경우는 매우 적극적이어서 좋은 결과가 예측되었다.

자고 났더니 인생이 변했다는 말이 있는데 꼭 강찬에게 해당되는 이야기였다.

연일 언론과의 인터뷰가 이어졌고 여고생들이 주축이 된 팬카페까지 열려 수시로 소망원에는 선물들이 날아들었다.

그를 1순위로 지명한 이글스에서는 전담 스카우터가 매일같이 찾아와 프로로 직행했을 때의 장점을 역설했으나 반대로 여러 대학에서는 상아탑의 매력을 어필하며 실력을 더 쌓은 후 프로에 들어가야 제대로 된 대접을 받을 수 있다는 주장을 펼쳤다.

인생을 오래 살아보지 않았으니 무엇이 옳고 무엇이 그른지 알 방법이 없다.

더군다나 고아로 살아왔기 때문에 이런 경우 상의할 상대가 마땅치 않았다.

그랬기에 강찬은 자신의 진로를 전적으로 최 감독에게 맡겨 놓았다.

자신에게 야구 인생을 펼칠 수 있도록 만들어준 최 감독은 충분히 그럴 자격이 있는 사람이라고 생각했다.

최 감독은 자신에게 앞날을 맡겨 버리고 훈련에 매진하는 강찬을 보며 한숨을 지었다.

막상 전적으로 강찬이 마음대로 하라는 듯 자신의 진로를 통째로 맡겨 버리자 머리가 지끈지끈 아파왔기 때문이었다.

대학에서도 좋은 조건을 제시하고 있었지만 이글스도 자신에게 코치직까지 제의하며 강찬을 영입하기 위해 필사적인 노력을 기울였다.

강찬의 앞날도 중요했지만 자신의 진로 역시 충분히 고려해서 결정해야 할 일이었다.

그럼에도 그를 괴롭히는 건 다름 아닌 강찬이었다.

놈은 어찌 된 건지 자신을 철석같이 믿고 있었다.

그저 강한 어깨를 가지고 있어 야구부에 받아준 것뿐인데 놈은 자신을 둘도 없는 은인으로 받들며 언제나 최대한의 존경을 나타내고 있었다.

도움을 받았다면 오히려 자신이 도움을 받았고 고마움을 표현해도 자신이 훨씬 더 많은 고마움을 나타내야 했지만 놈은 전혀 그렇게 생각하지 않았다.

적당히 현실과 타협하며 살아온 인생이었다.

나이가 사십이 넘으면서 정의와 의리에 대한 개념을 잊어버리고 산 지 오래되었다.

그런데 강찬은 그런 자신에게 맹목적인 믿음을 주면서 가치관을 흔들고 있었다.

처음에는 자신부터 생각했지만 지금은 아니었다.

강찬이 잘되는 쪽으로 고민하고 그다음이 자신이었다.

대학에서 제시한 조건과 이글스에서 제시한 조건은 각기 일장일단이 있었기 때문에 시간을 두고 고민할 필요성이 있었다.

시간은 그와 강찬의 편이었으니 서둘 일이 아니었다.

봉황대기 대회는 고교야구가 주말 리그를 도입하면서 폐지되었다가 올해부터 다시 시작되었다.

42회의 전통에 빛나는 봉황대기는 다른 대회와 다르게 예선 없이 모든 고교야구 팀이 참여하여 한판 승부를 벌이는데 이변이 너무 많이 속출해서 우승자를 쉽게 점쳤다가는 망신을 당하는 경우가 많았다.

운명은 바람처럼 어느 날 문득 다가와 사람의 인생을 송두리째 바꿔놓는다.

강찬에게 있어 봉황대기는 바로 그런 것이었다.

승승장구.

고교야구 64개 팀이 참가한 봉황대기에서 세광고는 5경기 동안 무려 3경기를 콜드게임으로 끝내 버리고 결승에 올랐다.

강찬은 3경기에 나와 여전히 실점을 기록하지 않았고 세광고의 타선은 물이 오를 대로 올라 팀 타율이 무려 3할을 넘어서고 있었다.

결승 상대는 청룡기와 대통령 배에서 최후에 만났던 선린정보고였다.

두 번 모두 강찬에게 가로막혀 준우승에 그쳤지만 선린정보고는 여전히 고교 최강을 넘볼 수 있는 강팀이었다.

그래서 이번 승부는 누가 고교야구의 최강인지를 가리는 중요한 일전이었다.

강찬과 최성일의 마지막 승부.

세광고와 선린정보고의 마지막 승부가 이제 시작된다.

김혁은 빽빽하게 들어찬 관중들을 바라보며 옆에서 오징어를 씹고 있는 황인호를 향해 캔맥주를 내밀었다.

황인호는 순식간에 자신이 가지고 있던 캔맥주를 마신 후 우그러뜨려서 발밑에 떨어뜨려 놓았기 때문에 그대로 남아 있던 자신의 맥주를 건네주었다.

맥주는 체질에 맞지 않는다.

술은 역시 소주가 제일이고 안주는 삼겹살이 있어야 술맛이 나는 법이다.

이렇게 캔맥주에 오징어를 뜯는 것은 그가 제일 싫어하는 짓이었다.

"인호야, 너 고교야구 경기에서 이렇게 많은 관중 본 적 있냐?"

"당연히 없지."

"마치 옛날 70년대 고교야구 전성기를 보는 것 같지 않아?"

"나도 그런 생각 했다. 그래도 대단하군. 역시 스포츠에서 스타의 존재란 엄청난 영향력을 미치는 모양이다."

"저놈 이번 시합이 끝나고 나면 대단한 이슈를 몰고 오겠지. 이번에도 실점을 하지 않으면 12경기째다."

"워낙 구위가 뛰어나서 선린정보고가 공략하기 쉽지 않을 거야."

"어제 메카드로를 만났다며. 걔는 뭐라고 하디?"

"오늘 시합을 보고 결정하겠다고 하더라. 아마, 오늘도 똑같은 구위를 보여주면 얼마가 되든지 베팅할 생각이 있는 것 같아."

"대충 얼마나?"

"5백만 달러 정도는 충분히 받을 수 있을 거다."

"많은 거냐?"

"많지."

"그래도 신인 최고 수준은 아니잖아."

"저놈이 고등학교 졸업생인 걸 생각해야지. 더군다나 수준이 한참 낮다고 깔보는 동양인이란 걸 감안한다면 특급 대우라고 봐야 된다."

"새끼들 아직까지도 차별 대우를 하는구만."

김혁이 황인호의 설명을 들은 후 입맛을 다셨다.

메카드로는 LA다저스의 스카우터로 삼 일 전에 들어와 강찬이 던진 8강전을 관전한 후 오늘은 아예 포수석 뒤에 자리를 잡고 시합이 시작되기를 기다리는 중이었다.

오늘 경기를 보고 난 후에 그는 어쩌면 강찬을 만날지도 모른다.

그가 강찬을 만난다는 것은 LA다저스로 진출하는 것이 현실화된다는 것을 의미하는 것이었다.

강찬은 로진백을 던지고 공을 쥔 후 천천히 실밥을 더듬어 투구 자세를 취했다.

결승전.

고교야구에서 최근 이십여 년 동안 유례를 찾아볼 수 없을 정도의 구름 관중이 몰려들어 목동야구장은 사람들로 몸살을 앓을 정도였다.

좌우 스탠드에는 양쪽 학교의 응원단이 자리를 잡은 채 열렬한 응원전을 펼치는 중이었는데 동문 선배들과 가족들마저 응원단에 합류했기 때문에 응원가를 부르는 소리가 야구장을 들썩이게 만들 정도였다.

정말 오랜만에 찾아온 고교야구 결승의 만원 관중이었다.

더군다나 오늘 벌어지는 결승은 MBC에서 생중계를 하고 있는 중이었다.

물론 평일이었기 때문에 그런 결정을 했을지 모르나 고교야구를 중앙 방송인 MBC에서 생중계를 하는 것은 이례적인 일이었다.

스포츠가 주는 감동.

이강찬이란 초고교 급 투수와 최성일이란 천재 타자의 대결은 스포츠 신문들의 대대적인 보도로 인해 이미 사람들 사이에서 화제가 되어 있었기 때문에 생중계는 그런 사람들의 관심을 반영한 것으로 볼 수도 있었다.

오늘따라 어깨가 가벼웠다.

8강전에 던지고 하루를 쉬며 어윤천이 선발로 투입된 4강전을 관전했기 때문에 몸을 풀 때부터 최고의 컨디션을 유지할 수 있었다.

예전 황금사자기 4강전에서 출전도 하지 못한 채 탈락한 경험이 있었기 때문에 위기에 처하면 바로 투입될 수 있게 몸을 풀어놓은 상태였지만 어윤천의 구위가 좋았고 타선이 대량 득점을 올리는 바람에 중도에서 몸 푸는 걸 그만두고 여유 있게 관전할 수 있었다.

연습 투구부터 달랐다.

평소와는 다르게 슬라이더의 각도가 예리하게 꺾였고 변화구도 홈 플레이트에서 눈에 보일 만큼 날카롭게 떨어졌다.

패스트볼의 위력은 여전했고 번갈아 던진 체인지업도 점점 더 여유로워졌다.

이번 대회에서는 예전보다 체인지업의 비율을 높였는데 체력을 비축하는 데 탁월한 효과를 발휘하고 있었다.

심판이 들어와 포수의 뒤쪽에 서자 타자 대기석에서 기다리던 선린고의 1번 타자 배영석이 배트를 두 번 휘두른 후 타석으로 들어섰다.

선린정보고와는 금년에만 벌써 세 번째 마주치기 때문에 타자들의 특성에 대해서 정확히 꿰뚫고 있었다.

배영석은 발이 빠르고 눈이 좋은 교타자였다.

직구도 잘 쳤지만 변화구에도 강한 선수다.

강찬과의 대결에서는 한 개의 안타를 빼어냈는데 변화구를 받아친 것이었다.

그렇다고 해서 그가 강찬에게 강한 것은 아니었다.

9타수 1안타에 불과하니 1할을 겨우 넘긴 수준이었다.

하기야 선린정보고에서 강찬에게 가장 강한 최성일마저 2안타밖에 때려내지 못했으니 그의 타력이 약하다고 평가하기 어렵다.

이것은 타자들의 타력과 상관없이 강찬의 구위가 워낙 뛰어났기에 벌어진 현상이었다.

뛰어난 구질을 가진 투수를 상대하는 법은 언제나 똑같다.

바로 하나의 구질만 노리는 것이다.

배영석은 미리 지시를 받고 나온 사람처럼 철저하게 커브만 노렸다.

패스트볼은 그대로 넘기고 커브를 기다리는 그에게 강찬은 전혀 다른 구질로 승부를 가져갔다.

경험에서 우러나온 행동이다.

강찬이 대단한 위력을 보이며 0의 방어율 행진을 하자 상대 감독들은 타자들에게 하나의 구질을 노리도록 지시했기 때문에 최 감독은 강찬 배터리에게 그런 노림수를 파훼하는 방법을 가르쳐 줬다.

방법은 아주 단순하고도 효과적인 것이었다.

어떤 타자도 치기 힘든 패스트볼로 초구를 잡고 다음은 비슷한 구질의 슬라이더로 유인구를 던진다.

슬라이더에도 배트를 휘두르지 않는다면 타자가 원하는 것은 커브나 체인지업이란 걸 금방 알 수 있다.

물론 슬라이더 대신 커브나 체인지업을 던져도 타자가 원하는 구질이 뭔가는 대충 짐작이 된다.

그랬기에 강찬은 패스트볼과 슬라이더로 배영석을 간단하게 잡아냈다.

커브를 기다리던 타자는 배트조차 휘두르지 못한 상태에서 루킹 삼진을 당했는데 얼굴에 들어 있는 것은 분노나 자책감이 아니라 강찬의 공에 대한 감탄이었다.

그러나 그것은 시작에 불과했다.

배영석을 삼진으로 잡은 강찬은 2번 타자마저 삼진으로 잡아냈고 최성일을 유격수 땅볼로 처리하며 간단하게 1회를 끝냈다.

불같은 강속구의 행진.

오늘따라 컨디션이 최고조에 달했기 때문에 주로 변화구를 기다리는 선린정보고 타자들은 강찬의 패스트볼에 추풍낙엽처럼 삼진으로 물러났는데 6회가 끝날 때까지 무려 10개의 삼진이 기록되었다.

하지만 그게 중요한 것이 아니었다.

한 명의 주자도 출루하지 못하는 퍼펙트게임이 목동야구장에서 벌어지고 있었기 때문이었다.

세광고의 타자들은 이현승을 공략해서 벌써 4점이나 득점해 놓고 있었기 때문에 사람들의 관심은 7회에 들어서면서 벌써부터 승부 대신 강찬의 투구에 집중되고 있었다.

삼진을 섞어가며 땅볼과 외야 플라이로 타자들을 처리한 강찬은 지금까지 한 명의 주자도 1루에 내보내지 않았다.

퍼펙트게임이다.

고교야구 역사상 단 2번밖에 없던 퍼펙트게임이 봉황대기 결승에서 벌어지고 있었으니 7회부터 관중들의 열기는 한껏 달아오르기 시작했다.

오랜만에 고교야구를 생중계하고 있는 MBC의 캐스터와 해설자는 7회 2아웃까지 강찬이 잡아내자 마치 비명처럼 소리를 질렀다.

역사의 현장에 있다는 것은 캐스터나 해설자 모두 흥분되는 순간이었으니 그들의 목소리는 텔레비전을 뚫고 전국으로 생생하게 퍼져 나갔다.

운명의 잔인한 사슬은 불현듯 찾아와 사람의 인생을 송두리째 바꿔놓는 경우가 있다.

바로 강찬의 경우가 그랬다.

일 구 일 구에 사람들의 환호성과 박수갈채가 고막을 자극하는 이 순간을 강찬은 인생에서 가장 아름답고 소중한 시간이라 여겼다.

그리고 이 순간이 언제까지나 계속되기를 바랐다.

야구로 성공해서 소망원의 동생들을 행복하게 해주겠다던 그의 꿈은 이제 조금만 더 지나면 현실로 나타날 수 있었다.

프로 구단으로 갈 생각이었다.

당장 돈을 벌기 위해서는 대학을 갈 수 없다는 강찬의 말 한마디에 최 감독은 이글스와의 계약을 염두에 두고 좋은 조건을 만들기 위해 노력하는 중이었다.

그 와중에 거짓말처럼 LA다저스에서 스카우터인 메카드로가 나타났다.

통역을 대동하고 온 그는 강찬이 던진 8강전을 관전한 후 학교로 직접 찾아오기까지 했다.

그는 가까이에서 강찬의 공을 눈으로 확인하고 이런저런 것들에 대해서 물었다.

그의 질문에는 살아온 환경이 있었고 야구를 하게 된 배경이 있었으며 어떻게 훈련했는지가 들어 있었다.

거짓말을 할 필요가 없으니 사실만 말했다.

그는 질문만 던진 후 강찬의 이야기를 통역을 통해 들으며 계속해서 고개만 끄덕였다.

메카드로가 학교에 머문 것은 한 시간밖에 되지 않았다.

하기야 오래 머문다고 좋은 결과가 있는 것은 아니지만 그는 고개를 끄덕이며 집중해서 듣던 것과는 다르게 결승이 끝나면 계약 여부를 말해주겠다는 말과 함께 학교를 떠났다.

말로만 들었던 메이저리거.

최 감독은 메카드로가 학교를 떠나자 강찬을 가슴에 끌어안으며 자신의 일처럼 기뻐했다.

수없이 많은 유망주들처럼 중간에서 사라질지도 모르지만 메카드로가 떠나면서 강찬을 1순위 신인 지명 급으로 계약할 수 있다는 언질을 남겼기 때문이었다.

메이저리그의 신인 1순위 계약금 평균은 5백만 달러였으니 우리나라 돈으로 환산하면 60억에 달하는 거금이었다.

60억이라는 돈만 있으면 소망원 자체를 새 건물로 다시 지을 수 있고 동생들이 소원하는 것처럼 각 방마다 침대를 들여놓아 줄 수도 있었다.

그랬기에 강찬은 자신도 모르게 이를 악물었다.

기필코 결승전을 이겨 미국으로 건너가고 싶었다.

자신을 위해서도, 소망원과 사랑하는 사람들을 위해서도 반드시 그렇게 하고 싶었다.

7회에 들어서서 선린정보고의 1, 2번 타자를 연속으로 삼진과 2루수 땅볼로 처리하자 야구장은 점점 긴장에 사로잡히기 시작했다.

퍼펙트게임이란 대단한 기록을 점점 현실로 의식한 사람들은 손에 땀을 쥐며 강찬의 투구를 지켜보고 있었다.

사람들의 긴장감은 타석으로 최성일이 들어서자 최고조에 달했다.

천재 타자 최성일.

작년에도 각종 대회의 타격상을 휩쓸던 그는 금년 들어 평균 타율이 4할 5푼에 달할 정도의 맹타를 휘두르고 있었다.

역대의 레전드 급 타자들을 보면 타율과 홈런으로 명백히 갈라지게 되는데 통산적으로 거포들이 타격왕을 차지하는 경우는 거의 없었다.

결국 타율이 좋다는 말은 선구안과 타격 센스가 뛰어나 어떤 공도 맞춰 칠 수 있는 능력이 있다는 것을 의미하는 것이지 일발장타로 승부를 보는 건 아니란 뜻이다.

하지만 최성일은 다른 교타자들과는 확연히 다른 타자였다.

선구안도 뛰어날 뿐만 아니라 워낙 임팩트 있는 스윙을 하다 보니 그가 때려낸 안타의 상당수가 2루타 이상의 장타로 연결되곤 했다.

그랬기에 스카우터들은 그의 존재 가치를 지금까지의 어떤 타자들보다 높게 보고 있었다.

최성일은 특유의 폼으로 배트를 홈 플레이트까지 천천히 두 번 끌어내렸다가 전력을 다해 스윙을 한 후 강찬을 향해 시선을 던져 왔다.

마지막 승부를 보자는 불타는 시선이었다.

세 번의 타석에서 한 번의 삼진과 두 번의 범타로 힘없이 물러났다.

이번에마저 그냥 물러나게 된다면 정말로 선린정보고는 강찬에게 치욕의 퍼펙트게임을 당하게 될지 몰랐다.

자신이 머물고 있는 지금.

고교 최강이라 불리는 선린정보고가 지워지지 않는 야구 역사에 불명예스럽게 올라갈 수는 없었다.

첫 번째 타석에서 놈의 공은 최고조에 달해 삼진을 당해야 했다.

정말 마구라 불릴 정도의 패스트볼이었다.

더군다나 150㎞/h에 달하는 속구를 뒷받침하는 변화구가 장착되어 있어 언터처블이란 말이 어울리는 무기와 구위를 지녔다.

하지만 두 번째 타석이 되자 미세하게 공 끝이 죽은 채 들어오는 게 느껴졌다.

패스트볼의 구속도 떨어졌고 그러다 보니 변화구와 체인지업이 눈에 들어왔다.

그렇다고 해서 마음껏 공략할 수 있을 정도로 구위가 떨어졌다는 뜻이 아니다.

놈은 자신과 상대하면서 결정구는 늘 패스트볼로 던졌다.

변화구와 체인지업은 볼카운트를 조절할 때 쓰면서 마지막 승부구는 두 번 다 패스트볼이었다.

홈런을 때린다거나 대량 득점을 해서 승부를 뒤집겠다는 욕심을 가지지는 않았다.

오직 하나라도 안타를 때려내어 퍼펙트게임을 막고 싶을 뿐이었다.

놈이 승부구를 던지기 전에 커브를 노릴 생각이었다.

강찬은 자신을 노려보는 최성일을 향해 습관적으로 가볍게 고개를 끄덕거렸다.

작년에 있었던 대통령 배 결승전에서 끝내기 홈런을 때린 후 유유히 다이아몬드를 돌던 최성일의 모습을 한 번도 잊은 적이 없었다.

체력이 바닥났고 직구의 스피드는 떨어질 대로 떨어진 상태에서 얻어맞은 홈런은 일 년이 지난 지금까지 비수가 되어 강찬의 가슴에 꽂혀 있었다.

혀를 내밀어 입술을 핥았다.

7회 말 2아웃.

처음에는 가벼웠던 어깨가 6회가 지나면서부터 서서히 무거워지더니 이젠 뻑뻑하게 아파오기 시작했다.

직구의 스피드도 처음보다 많이 떨어졌고 공 끝마저 가라앉고 있었다.

피로의 누적이 분명했다.

황금사자기에 이어 청룡기, 대통령 배, 봉황대기까지 전국대회에 출전하면서 무리해 온 어깨가 하필이면 지금 격렬한 통증으로 다가오고 있었다.

사람들의 환호가 무엇을 의미하는지 너무나 잘 알고 있었지만 지금 그에게 가장 중요한 것은 퍼펙트게임이 아니라 최성일과의 승부였다.

작년의 아픈 기억을 반복하고 싶지 않았다.

남아 있는 모든 힘을 기울여 최성일만은 이기고 싶었다.

점수가 벌어져 있었기 때문에 관중들을 비롯해서 각종 언론들, 그리고 심지어 최 감독과 동료들까지 모든 관심은 퍼펙트게임에 맞춰진 상태였다.

하지만 갑작스럽게 마비되어 오는 어깨의 상태는 최성일과의 승부조차 어렵게 만들고 있었다.

왜……. 하필이면… 왜!

『퍼펙트게임』 2권에 계속…